Klarant Verlag

Die gebürtige Ostfriesin, ***Sina Jorritsma***, aus der Krummhörn studierte in Hamburg Germanistik und Philosophie, bevor sie wieder in ihre Heimat zurückkehrte. Sie veröffentlicht unter Pseudonym, weil sie ihre Umgebung genau beobachtet und Ereignisse aus ihrem Leben in ihre Geschichten einfließen. Das Romaneschreiben ist ihr kleines Geheimnis, das nur wenige Menschen kennen. Bei einer großen Kanne Ostfriesentee mit Sahne und Kluntjes kann sie halbe Nächte durchschreiben, tagsüber hält sie sich mit Joggen fit. Sina Jorritsma lebt mit ihrer Familie in einem kleinen Ort bei Emden.

Sina Jorritsma

Friesenkreuz

Ostfrieslandkrimi

Klarant Verlag

Klarant Verlag, www.klarant.de – www.ostfrieslandkrimi.de
ISBN: 978-3-95573-552-4
1. Auflage 2017
Umschlagabbildung: Klarant Verlag

Printed in the EU.

Kapitel 1

„Zerberus hat eine Leiche gefunden."

Kommissarin Mona Sander glaubte im ersten Moment an einen Scherz, als sie diesen Satz von ihrem Kollegen Enno Moll hörte. Aber schnell wurde ihr klar, dass der hünenhafte, bierbäuchige Friese keine Witze über Verbrechen machen würde. Monas Kollege war ein gemütlicher Mensch, mit dem man durchaus seinen Spaß haben konnte. Aber er neigte nicht zu makabrem Humor. Trotzdem hakte Mona sicherheitshalber nach.

„Willst du jetzt mein Kreuzworträtselwissen testen, Enno? Zerberus, das war doch dieser Höllenhund aus der griechischen Sagenwelt, oder?"

„Das weiß ich auch nicht so genau, Mona. In unserem aktuellen Fall ist Zerberus der Name des Tiers, das vor kurzem eine Leiche ausgebuddelt hat."

Mona war es natürlich nicht entgangen, dass der Oberkommissar soeben einen Anruf entgegengenommen hatte.

„Hier auf Borkum?", fragte sie überflüssigerweise.

„Jedenfalls nicht in Tirol."

Enno erhob sich bereits von seinem Arbeitsplatz. Monas und Ennos Schreibtische standen einander in der kleinen Insel-Polizeiwache von Borkum gegenüber.

„Lass uns mal gleich einen Blick auf den Toten werfen, Mona. Grietje und Hinderk sind bereits vor Ort und sperren ab."

Die beiden Kriminalisten meldeten sich ab und stiegen in ihren Dienstwagen.

Im Gegensatz zu einigen anderen ostfriesischen Inseln war auf Borkum das Autofahren eingeschränkt erlaubt. Einige Touristen reisten per Fähre mit ihrem eigenen Wagen an, und auch viele Insulaner verfügten über einen fahrbaren Untersatz.

„Wo hat der Höllenhund denn den Toten gefunden?“

„Ein Stück weit vom Greune-Stee-Weg entfernt, wenn ich Grietje richtig verstanden habe.“

Mona nickte.

„Ist die Person ermordet worden, Enno?“

Es war ein schöner Frühsommertag, die Hauptsaison hatte bereits begonnen. Jeden Tag brachten die Autofähren von Emden und Eemshaven neue Urlauber nach Borkum. Da konnte ein Gewaltverbrechen auf der Insel die Ferienstimmung schon beträchtlich trüben.

„Darüber hat Grietje nichts verlauten lassen. Sie meinte, wir sollten uns selbst ein Bild machen.“

Allzu weit war es nicht von der Polizeiwache bis zum Greune-Stee-Weg. Es handelte sich um eine ruhige Wohngegend mit kleinen Häusern, die in Gärten mit Heckenrosen und Vergissmeinnicht standen. Hier gab es auch etliche Ferienwohnungen, die in der Nebensaison teilweise leer standen. *Aber momentan wird wohl alles ausgebucht sein,* dachte Mona.

Sie erblickte das Einsatzfahrzeug schon von weitem. Enno parkte hinter dem Streifenwagen. Direkt neben dem Greune-Stee-Weg erstreckten sich die Süddünen. Das Gebiet war bepflanzt, um eine Erosion der Küstenlinie durch die heranbrandende Nordsee zu verhindern. Die Dünung der Wogen brach sich am Strand, der nur einen weiten Steinwurf entfernt war.

Grietje Smit hatte die beiden Kriminalbeamten entdeckt und winkte ihnen zu. Sie stand gemeinsam mit ihrem Dienstpartner Hinderk Ekhoff sowie einer älteren Dame mit Hund neben einer dunklen Plastikfolie. Mona und Enno stapften durch den Sand auf sie zu. Die Uferbepflanzung begann erst ein Stück weiter unten, direkt neben der Fahrbahn gab es einen breiten Streifen Sand.

„Das ist Frau Remmers“, sagte die uniformierte Polizistin, nachdem sie Mona und Enno vorgestellt hatte. „Sie hat den Leichenfund gemeldet.“

„Und ich nehme an, hier haben wir Zerberus“, erwiderte Mona und streichelte den Rauhaardackel, der schwanzwedelnd neben seinem Frauchen auf dem Boden hockte. Das Tier schien zu spüren, dass es eine sehr wichtige Entdeckung gemacht hatte. Mona dachte, dass es wohl kaum ein weniger furchteinflößendes Wesen gab als diesen niedlichen Hund. Warum er wohl ausgerechnet Zerberus genannt worden war? Aber darüber konnte sie später immer noch philosophieren. Sie wandte sich an Frau Remmers.

„Erzählen Sie uns bitte noch einmal, was genau geschehen ist.“

Die Hundebesitzerin war Anfang sechzig und hatte kurzgeschnittenes, graues Haar. Ihr Teint deutete darauf hin, dass sie viel Zeit im Freien verbrachte.

„Wir sind spazieren gegangen, Zerberus und ich. Plötzlich fing er an, im Sand zu buddeln. Normalerweise macht er das nicht so oft. Ich spürte sofort, dass etwas nicht stimmte. Und dann sah ich plötzlich dieses … dieses Ding. Ich nahm Zerberus wieder an die Leine und rief sofort die 110 an. Hier muss doch etwas Schreckliches geschehen sein, oder?“

Mona antwortete nicht. Sie konnte nun ihre Neugierde nicht länger bezwingen und hob die Plastikplane ein Stück weit an.

„Teufel!“, stieß sie hervor. „Was ist denn mit der Leiche passiert?“

Das seltsam wächsern wirkende Antlitz eines Toten war zu erkennen. Der Körper des Mannes war noch mit Sand bedeckt. Die uniformierten Kollegen hatten den Leib offenbar noch nicht ausgegraben. Diese Aufgabe würde die Spurensicherung übernehmen.

Enno hatte sich neben sie gestellt und betrachtete den Leichnam ebenfalls. Er kratzte sich nachdenklich im Nacken.

„Tja, da haben wir es wohl mit einer waschechten Mumie zu tun, Mona."

Die Kommissarin erblickte am Hemdkragen des Toten dunkle Flecken, bei denen es sich um Blut handeln konnte. Es war unmöglich, einzuschätzen, wie lange der Mann schon tot war.

„Genau genommen handelt es sich eher um eine Wachsleiche als um eine Mumie", meinte Enno. „Das kann man am Zustand der Haut erkennen. Er muss länger in einer Umgebung gelegen haben, wo es keinen Sauerstoffaustausch gab. Dadurch wurde der natürliche Verwesungsprozess verhindert."

„Okay, die genaue Analyse sollten wir dem Pathologen überlassen. Hattest du schon mal mit einer Mumie zu tun, Enno?"

„Nicht im Dienstalltag. Ich kenne Tote in diesem Zustand nur aus dem Fernsehen."

„Ich auch. Aber in diesen alten Gruselfilmen sind doch die Mumien immer mit lauter dreckigen Bandagen umwickelt, bevor sie aus ihren Gräbern steigen und den Ägyptologen an die Gurgel gehen."

„Ja, auf diese Weise wurden Pharaonen mumifiziert. Aber die Moorleichen beispielsweise sind durch ihre natürliche Umgebung konserviert worden. Und für mich ist dieser Tote immer noch eine Wachsleiche."

Mona nickte. Spätestens bei der Obduktion würde sich zeigen, wie lange die Person schon tot war. Und ob überhaupt ein Verbrechen vorlag. Sie sprach wieder die Zeugin an.

„Gehen Sie mit Zerberus immer durch den Greune-Stee-Weg, Frau Remmers? Ich meine, ist das Ihre normale Route?“

„Ja, Frau Kommissarin. Allerdings nicht während der letzten zwei Wochen.“

„Warum nicht?“

„Zerberus und ich waren im Urlaub. Wir haben meine Schwester in Berlin besucht.“

Enno kratzte sich in seinem Stiernacken.

„Du glaubst, die Leiche wurde erst vor ein paar Tagen hier verscharrt, Mona?“

„Das wäre zumindest eine Möglichkeit. Zerberus hat ja seinen Instinkt nicht erst seit gestern. Wenn der Tote schon länger hier gelegen hätte, dann hätte Zerberus ihn schon zuvor gewittert. Oder ein anderer Hund. Außerdem findet hier Luftaustausch statt, wodurch deine Theorie von der Wachsleiche schon wieder hinfällig ist.“

„Aber warum sollte jemand eine Mumie hier vergraben?“

„Dieses Rätsel müssen wir lösen, Enno. Für mich steht jedenfalls fest, dass der Täter dem Leichnam ein inoffizielles Begräbnis geben wollte.“

Enno schaute Mona verständnislos an.

„Inoffizielles Begräbnis? Wie meinst du das?“

Mona drehte sich um und deutete auf den Straßenrand. Dort gab es ein Stück Zaun, an dem ein Rettungsring befestigt war.

„Der Zaun, Enno. Mit etwas Fantasie könnte man ihn doch für ein christliches Kreuz halten, oder?“

„Einbildungskraft hast du wirklich, Mona“, stimmte ihr Partner schmunzelnd zu. „Wir sollten diesen Aspekt nicht außer Acht lassen. Aber wenn die Mumie erst vor wenigen Tagen hier vergraben wurde, hat vielleicht ein Anwohner etwas bemerkt.“

„Wie gehen wir weiter vor, Mona?“, wollte Grietje Smit wissen.
„Wir brauchen ein Team der Kriminaltechnik und dann muss die Leiche zur Obduktion ins rechtsmedizinische Institut nach Oldenburg geschafft werden. Aber darum kümmert sich der Chef.“
Mona wusste inzwischen aus leidvoller Erfahrung, dass ihrem Vorgesetzten der Dienstweg heilig war. Der Dienststellenleiter Hauptkommissar Hinrich Oltbeck war eigentlich ein netter Mensch, aber die Vorschriften waren sein Evangelium. Mona, die ihre Polizeikarriere mit einer Strafversetzung begonnen hatte, war deshalb in der Vergangenheit öfter mit Oltbeck zusammengerasselt. Inzwischen schaffte sie es glücklicherweise, ihr überschäumendes Temperament im Zaum zu halten, meistens jedenfalls. Dazu beigetragen hatte gewiss auch der Kontakt zu ihrem älteren und erfahreneren Partner Enno Moll, der seinen Aufgaben mit einer beinahe mönchischen Gelassenheit nachging. Seine innere Ruhe strahlte auf Mona aus.
Sie griff zum Handy und erstattete Oltbeck brav Bericht.
„Sehr gut, Frau Sander. Ich werde mit der Polizeidirektion Kontakt aufnehmen, damit alle notwendigen Schritte in die Wege geleitet werden. Ansonsten sollten Sie und Herr Moll versuchen, mögliche Zeugen zu finden.“
Nichts anderes hatte Mona vorgehabt. Aber ihr lag noch eine weitere Sache auf der Seele.
„Und was ist mit den Geiern, Herr Hauptkommissar?“
„Wie bitte?“
„Ich meine die Presse“, präzisierte Mona. „Wenn sich erst herumspricht, dass auf Borkum eine mumifizierte Leiche gefunden wurde, werden wir von der Medienmeute heimgesucht und belagert. Wie sollen wir dann unserer Arbeit nachgehen?“

„Steht denn überhaupt schon fest, ob ein Verbrechen vorliegt?“

„Die Mumie ist jedenfalls nicht geköpft worden“, meinte Mona trocken. „Ansonsten lässt sich auf den ersten Blick keine Gewaltanwendung feststellen. Allerdings finden sich auf der Kleidung dunkle Flecken, bei denen es sich um Blut handeln könnte. Wir müssen den Obduktionsbefund abwarten.“

„Ich verstehe. Ich werde vorschlagen, dass in der Polizeidirektion auf dem Festland eine Pressekonferenz abgehalten wird. Der Leichnam muss ja sowieso an Land geschafft werden, nicht wahr? Auf diese Weise können wir die Reporter womöglich von der Insel fernhalten.“

Zumindest besteht eine geringe Chance, dachte Mona. Aber sie bedankte sich und beendete das Gespräch. Enno grinste breit.

„Was gibt es denn da zu lachen, hm?“

„Wenn das hier ein Märchen wäre, dann würde ich vermuten, dass du Kreide gefressen hast – so wie der böse Wolf bei Rotkäppchen. Ich erinnere mich noch daran, wie du fast jeden Tag mit Oltbeck Zoff hattest.“

„Ja, alte Menschen schwelgen gern in der Vergangenheit“, spottete Mona. Sie spielte darauf an, dass der fünfundfünfzigjährige Enno mit Volldampf auf die Pensionierung zusteuerte. Auch wenn sie ihn manchmal mit seinem Alter aufzog, fürchtete Mona sich mehr vor Ennos Ruhestand als er selbst. Sie konnte sich nämlich momentan keinen besseren Partner vorstellen als diesen zwei Meter großen bierbäuchigen Friesen mit Walrossbart und grauem Stoppelschnitt.

Enno ließ sich von Monas Spruch nicht beirren und zeigte nun ebenfalls auf den Zaun.

„Wenn du recht hast und das hier eine Art improvisiertes Grab sein soll, dann muss auf jeden Fall ein Verbrechen vorliegen. Bei einem natürlichen Ableben hätte die Leiche ja auch auf dem Inselfriedhof beerdigt werden können."

Mona nickte.

„Ja, aber das Verbrechen muss nicht unbedingt ein Tötungsdelikt sein."

Enno schaute sie fragend an.

„Angenommen, das Opfer war schon alt und ist an einer Krankheit gestorben. Dann wollten die Verwandten womöglich weiterhin die Rente kassieren, mussten den Toten aber verschwinden lassen. Solche Fälle hat es schon gegeben, nicht wahr? Dann haben wir es nicht mit Mord oder Totschlag, sondern mit Betrug zu tun."

„Ja, das kommt vor, Mona. Aber warum wartet man so lange, bis der Leichnam mumifiziert ist? Und warum wurde der Tote ausgerechnet hier verscharrt? Es gibt auf Borkum wesentlich einsamere Ecken, wo man den Körper nie gefunden hätte. Ganz abgesehen davon wäre es auch möglich gewesen, den Toten einfach in die Nordsee zu werfen."

„Es stimmt, das mit der Mumifizierung passt nicht. Aber ich bin sicher, dass dieses komische Holzkreuz dort noch eine Rolle spielen wird."

„Und was ist mit den Blutflecken?"

„Noch wissen wir ja nicht, worauf die dunklen Verfärbungen am Kragen zurückzuführen sind. Ich schätze, diese Leiche wird uns noch Ärger machen."

„Schon möglich. Um was wetten wir?"

„Wie wäre es mit einem Stück Ostfriesentorte?"

Während ihres Wortwechsels blieben Mona und Enno nicht untätig. Die Zeugin sowie Zerberus waren schon wieder verschwunden. Frau Remmers würde am nächsten Tag auf der Polizeiwache ein Protokoll unterschreiben müssen. Inzwischen hatten sich bereits die ersten Neugierigen eingefunden. Sie lauerten hinter dem

Trassierband, das die uniformierten Kollegen aufgespannt hatten. Mona baute sich vor den Gaffern auf.

„Was gibt es denn hier so Interessantes zu sehen? Eine Plastikplane und ein paar Polizisten anglotzen – ist das Ihre Vorstellung von einem gelungenen Nordseeurlaub? Wir haben hier auf Borkum wahrhaftig richtige Attraktionen, beispielsweise den Alten Leuchtturm, den Musikpavillon oder das Nationalparkschiff *Borkumriff*."

Die Leute murrten, aber einige von ihnen wurden bereits ungeduldig. Das war in Monas Augen ein gutes Zeichen. Mit etwas Glück würde es den Sensationsvoyeuren bald langweilig werden.

„Haben Sie eine Leiche gefunden?", fragte ein junger Mann, der Mona mit seinem Smartphone filmte. Noch vor wenigen Wochen wäre sie aus der Haut gefahren und hätte ihm gesagt, wohin er sich sein Mobiltelefon stecken könne. Nun aber beherrschte sie sich, schenkte ihm ihr schönstes Zahnpastalächeln und gab nur zwei Worte von sich: „Kein Kommentar."

Monas Hoffnungen gingen in Erfüllung. Die kleine Menschenmenge zerstreute sich wenig später, die Leute schwangen sich wieder auf ihre Fahrräder oder stiegen in ihre Autos. Enno wandte sich an die uniformierten Kollegen.

„Es kann noch dauern, bis die Mumie abgeholt wird. Ihr haltet weiterhin Wache, Mona und ich hören uns in der Nachbarschaft um."

„Wird gemacht", gab Grietje Smit zurück.

Der Greune-Stee-Weg erstreckte sich vom Strandhotel *Najade* bis zum Weerts Gatt, wobei er parallel zur vielbefahrenen Reedestraße verlief, die den Borkumer Hafen mit dem Ort verband.

„Es gibt hier viele Ferienhäuser", stellte Mona fest, während sie auf eines der größeren Gebäude zuging.

„Ja, so wie überall auf Borkum. Wir müssen checken, ob sämtliche Häuser während der vergangenen zwei Wochen schon vermietet waren."

„Die Leute von der Tourist-Information werden vor Freude Purzelbäume schlagen, wenn sie von dem Leichenfund hören", witzelte Mona düster. Dann klopfte sie an die mit einem Strohblumenkranz verzierte Haustür.

Kapitel 2

Es dauerte nicht lange, bis die Tür geöffnet wurde. Eine hochgewachsene Frau mit dunkelblondem schulterlangem Haar stand vor Mona. Sie überragte die Kommissarin um eine Handbreit.

Die Frau in dem Friesenhaus ignorierte Enno vollständig und konzentrierte sich ganz auf Mona. Dabei starrte sie so intensiv, als ob die Kommissarin nackt vor ihr stehen würde.

Das traf natürlich nicht zu, vielmehr war Mona mit Jeans, T-Shirt und Windjacke vollständig bekleidet. Und sie mochte es überhaupt nicht, so angeglotzt zu werden. Ihr hatte schon die Begegnung mit den Gaffern hinter dem Absperrband gereicht. Mona konnte förmlich spüren, wie ihre innere Gelassenheit zu zerbröckeln begann.

„Sie wünschen?"

Die dunkle Stimme der Frau ließ keinen Zweifel daran, wie wenig begeistert sie von dem unerwarteten Besuch war. Mona zückte ihren Dienstausweis.

„Moin. Oberkommissar Moll und Kommissarin Sander, Polizei Borkum. Haben Sie dieses Ferienhaus gemietet?"

„Das Objekt gehört mir und meiner Familie seit vielen Jahren. Mein Name ist Silke Schmieder. Darf ich fragen, was die Polizei von mir will?"

„Auf dem Brachland Richtung Strand ist eine Leiche gefunden worden. Sie werden sich gewiss schon gewundert haben, warum hier in der Straße plötzlich so viel los ist."

„Nein, nicht wirklich, Frau Sander. Wir haben nicht darauf geachtet. Und ich wüsste auch nicht, was wir mit einem Toten zu tun haben sollten."

„Wer ist es denn, Silke?", rief in diesem Moment eine Männerstimme aus dem Hintergrund. Gleich darauf erschien ein athletischer Mann. Er war nur mit einem Handtuch um seine Lenden bekleidet. Nach Monas

Schätzung war er mindestens zwanzig Jahre jünger als die arrogante Blonde.

„Die Polizei, Mark. Hier soll jemand ermordet worden sein."

Der Typ grinste und legte einen Arm um die Schultern von Silke Schmieder. Dann schaute er Mona an.

„Wir haben niemanden umgebracht. Wir hatten etwas Besseres zu tun …"

„Davon bin ich überzeugt", gab Mona trocken zurück. „Außerdem ist keineswegs gesagt, dass es sich um einen Mord handelt. Wir fragen nur in der Nachbarschaft herum, ob jemandem in den letzten 14 Tagen etwas Ungewöhnliches aufgefallen ist, beispielsweise ein Lieferwagen, der Ihnen unbekannt vorkam."

Silke Schmieder schüttelte den Kopf.

„Nein, daran kann ich mich nicht erinnern. Wir sind allerdings tagsüber auch meistens am Strand."

„Oder im Bett", ergänzte Mark und küsste seine Freundin auf den Nacken.

Nun meldete sich auch Enno mit seiner tiefen Stimme zu Wort.

„Wohnt außer Ihnen noch jemand hier im Haus?"

„Meine Tochter Kea", entgegnete Silke Schmieder. „Aber sie ist schon zwanzig Jahre alt und geht ihrer eigenen Wege. Momentan ist sie auch nicht hier."

„Und Sie wissen nicht, wo sie sein könnte?", vergewisserte sich der Oberkommissar. Die Hausherrin schüttelte den Kopf. Sie hatte die Arme vor den Brüsten verschränkt und rollte mit den Augen. Ihre ganze Körpersprache drückte aus, wie wenig sie von dem Polizeibesuch begeistert war.

„Kea hat gewiss ein Smartphone", mutmaßte Mona. „Könnten Sie mir die Nummer geben?"

Silke Schmieder ließ sich dazu herab und Mona tippte die Zahlenfolge sofort in ihr eigenes Gerät.

„Was machen Sie eigentlich beruflich, Frau Schmieder?“
„Warum ist das für Ihren Leichenfund von Belang, Frau Kommissarin? Ich bin Oberstudienrätin an einem Gymnasium in Düsseldorf, wenn Sie es unbedingt wissen müssen.“
Nun gab auch noch Mark seinen Senf dazu.
„Ich verdiene meine Brötchen als freiberuflicher Fitnesstrainer. Mein Körper ist mein Kapital, wenn Sie verstehen, was ich meine …“
Wieder einmal schaffte es Mona, ihre freche Zunge im Zaum zu halten. Aber sie spürte, dass ihr Vorrat an Geduld sich für den Moment dem Ende zuneigte. Lässig zog sie ihre Visitenkarte aus der Jackentasche und überreichte sie der Oberstudienrätin.
„Bitte rufen Sie uns an, falls Ihnen noch etwas einfällt. Jede Kleinigkeit kann wichtig sein.“
Silke Schmieder lächelte süßsauer. Dann knallte sie Mona grußlos die Tür vor der Nase zu.
„Reg dich nicht auf, das ist es nicht wert“, brummte Enno, während er sich an Monas Seite von dem Ferienhaus entfernte. Die beiden Kriminalisten bewegten sich auf das Nachbargrundstück zu. Mona versuchte, Kea Schmieder anzurufen.
„Das Telefon ist aus, noch nicht mal die Mailbox springt an. Vermutlich will das Töchterchen seine Ruhe haben. Kea wird sich irgendwo auf der Insel verkriechen, weil sie keine Lust hat, beim Matratzensport ihrer Mutter die Voyeurin zu spielen!“
„Was man ja auch verstehen kann“, meinte Enno. „Erscheint dir dieses agile Pärchen verdächtig?“
„Unsympathisch? Ja. Verdächtig? Nein. Wir wissen ja noch gar nicht, ob überhaupt ein Verbrechen vorliegt. Außerdem halte ich zumindest Frau Schmieder für zu intelligent, um eine Leiche nur wenige Meter entfernt von

ihrem eigenen Ferienhaus zu entsorgen. Und Mark? Der hat sein Gehirn zwischen den Beinen. Aber ich schätze, dass in dieser Beziehung Silke sowieso der dominierende Part ist."

„Das sollte uns nicht interessieren, solange es nicht unsere Kriminalermittlung betrifft."

„Deine Altersweisheit macht mich manchmal sprachlos", erwiderte Mona lächelnd. Dann klopfte sie an die Tür des benachbarten Hauses. Ein Schild im Fenster informierte darüber, dass es sich um ein vermietetes Ferienhaus handelte. Hier öffnete niemand. Enno legte den Kopf in den Nacken und zeigte auf den wolkenlosen Himmel. Möwen schwebten in der Luft, ihr Kreischen gehörte zur permanenten Geräuschkulisse dieser Hochseeinsel.

„Die Touristen werden schon zum Strand gegangen sein, Mona. Aber der Vermieter wird uns ihre Namen nennen können."

„Wo du recht hast, hast du recht."

Mona rief die Kurverwaltung an und erfuhr dort, wem das Ferienhaus gehörte. Der Vermieter teilte ihr wenig später mit, dass er sein Objekt momentan an das Ehepaar Ratzinger aus Augsburg vergeben habe.

„Entweder suchen wir die Bayern am Strand oder wir kehren heute Abend zurück", schlug Enno vor.

„Zum Strand können wir immer noch gehen. Lass uns schauen, wie wir mit den weiteren Zeugenbefragungen vorankommen."

Das nächste Friesenhaus war kleiner und älter als die benachbarten Objekte. Die Haustür war nur angelehnt. Mona klopfte hier ebenfalls, hörte aber keine Reaktion aus dem Inneren. Sie hielt ihren Kopf möglichst nahe an den Türspalt.

„Moin! Ist jemand zuhause?"

Die Antwort bestand aus einem langgezogenen Stöhnen – ein Geräusch, das offenbar nicht durch Lust, sondern durch Schmerzen verursacht wurde.

„Da braucht jemand Hilfe“, stellte Enno fest. Mona nickte und drückte die Tür ganz auf. Mief schlug ihr entgegen.

„Hier könnte mal wieder gelüftet werden“, sagte sie. Der Flur war mit Bildern von Segelschiffen und Seehunden geschmückt. Motive, wie man sie oft in Ferienhäusern antrifft. Ein paar Plastikseesterne auf einer Kommode vervollständigten den klischeehaften Eindruck. Das Ächzen wiederholte sich, es drang aus dem Wohnraum. Mona betrat das im Halbdunkel liegende Zimmer.

Im nächsten Moment zerschellte eine Bierflasche an der Wand, direkt neben ihrem Kopf.

Enno war nicht zu bremsen.

Der Oberkommissar wurde manchmal wegen seiner Leibesfülle unterschätzt. Aber er trainierte jede Woche Ringen im griechisch-römischen Stil, wobei sein Gewicht ihm sogar zugutekam. Und der ansonsten so gemütliche Ostfriese verstand keinen Spaß, wenn seine Kollegin angegriffen wurde.

Er stürmte an Mona vorbei ins Wohnzimmer. Im nächsten Moment hatte er die mitten im Raum stehende Gestalt zu Boden gebracht und sich auf sie geworfen. Mona, die sich selbst eigentlich auch für reaktionsschnell hielt, konnte nur staunen. Sie schaltete das Deckenlicht ein, um sich einen besseren Überblick zu verschaffen.

Ein bärtiger Mann in Unterhemd und Jogginghose lag auf dem Bauch. Er schnappte nach Luft, was allerdings auch kein Wunder war. Enno kniete auf seinem Rücken und hatte ihm die Arme nach hinten gedreht.

„Die Handschellen, Mona!“

Sie reichte ihrem Kollegen die stählerne Acht. Gleich darauf klickten die Handschellen um die Gelenke des immer noch verblüfft dreinschauenden Kerls.

„Was soll das, verdammt“, lallte er schließlich.

„Tätlicher Angriff auf eine Polizistin im Dienst ist kein Kavaliersdelikt, Freundchen. Sie sind festgenommen“, knurrte Enno. „Warum haben Sie eigentlich gestöhnt? Fehlt Ihnen etwas – außer, dass Sie stinkbesoffen sind?“

„Gestöhnt? Ja, weil mein Schädel brummt, zum Henker. Warum könnt ihr mich nicht in Ruhe lassen? Woher sollte ich wissen, dass ihr Bullen seid? Ich hab mich erschrocken, als ihr plötzlich in meiner Bude standet.“

„Vielleicht sollten Sie in Zukunft die Haustür schließen“, schlug Mona vor. „Wie heißen Sie?“

Aber der Bärtige stieß jetzt nur noch einen nicht druckreifen Fluch aus.

„Das reicht.“ Enno stand auf und zerrte den Mann ebenfalls auf die Beine. „Wir nehmen Sie mit zur Wache, ich habe jetzt die Faxen dicke.“

Mona ging hinaus und holte den Opel Vectra, den sie ein Stück weit die Straße hinunter geparkt hatte. Nachdem sie die Taschen des Kerls nach gefährlichen Gegenständen durchsucht hatten, schafften sie den Unbekannten in das Einsatzfahrzeug. Die Energie des Mannes war inzwischen völlig verpufft. Er konnte sich noch nicht mal mehr dazu aufraffen, die beiden Kriminalisten zu beleidigen.

„Wenn der Suffkopf wieder nüchtern ist, wird sich schon herausstellen, ob er etwas mit der Leiche zu tun hat“, meinte Enno optimistisch. Mona nickte.

Auf der Polizeistation wurde er von Enno in den Arresttrakt geschafft. Mona wollte hinterher, wurde aber von Grietje aufgehalten.

„Du bist übrigens auf YouTube.“

„Echt?“

Mona linste ihrer uniformierten Kollegin über die Schulter. Auf Grietjes Smartphone war ein kurzes Filmchen zu sehen, das die Kommissarin mit der Plastikplane im Hintergrund zeigte. Mona grinste auf dem Video und sagte: „Kein Kommentar“. Sie runzelte die Stirn, als sie die Aufnahme von sich selbst erblickte.

„Ist mein Hintern wirklich so fett?“

„Was für eine Antwort willst du hören?“, fragte Grietje zurück.

„Keine Antwort, die … hey, da war doch was. Zeigst du mir das Video noch mal?“

„Sicher.“ Die junge Polizeimeisterin klickte auf „Wiederholen“. Mona konzentrierte sich diesmal auf den Bildrand. Dort war ein Mann zu sehen, der sich hinter ein geparktes Auto duckte. Er legte offenbar großen Wert darauf, nicht bemerkt zu werden. Mona erkannte ihn trotzdem.

Es war der Bärtige, den sie soeben verhaftet hatten.

Aber bevor sie über diesen Punkt genauer nachdenken konnte, hatte Grietje bereits eine weitere Überraschung für sie bereit.

„Wir haben vorhin übrigens eine Randaliererin verhaftet, die als Adresse ein Ferienhaus am Greune-Stee-Weg angibt. Könnte das für euch interessant sein?“

Mona horchte auf.

„Sicher, Grietje. Wie heißt die Krawalltussi denn?“

„Kea Schmieder.“

Kapitel 3

Sie musste ziemlich verblüfft aus der Wäsche geschaut haben.

„Du siehst aus wie eine Kuh, wenn es donnert“, meinte Grietje. „Ist diese Kea für eure Ermittlungen von Belang?“

Mona zog die Augenbrauen zusammen. Eigentlich konnte sie einen Scherz vertragen, aber die junge Polizeimeisterin stand immerhin in der Hierarchie unter ihr. Da konnte sie ruhig mal ein bisschen Respekt zeigen. Mona beschloss, Grietje einen kleinen Dämpfer zu versetzen.

„Jetzt berichte mir doch mal, wie es zu der Verhaftung gekommen ist. Dann sehe ich auch darüber hinweg, dass du während der Dienstzeit YouTube-Videos anschaust.“

Grietje öffnete erneut den Mund, schien aber nicht besonders eingeschüchtert zu sein.

„Okay, nachdem die Kollegen vom Festland eingetroffen waren und sich um den Leichenfundort kümmerten, meldeten Hinderk und ich uns zum normalen Streifendienst zurück. Es dauerte keine Viertelstunde, bis wir zu einem Einsatz an der Bürgermeister-Kieviet-Promenade gerufen wurden. Dort hatten mehrere Passanten die 110 angerufen.“

„Aus welchem Grund?“

„Eine junge Frau machte Ärger, belästigte und beleidigte die Touristen und das Personal einiger Gastronomiebetriebe. Sie schien völlig auszurasten, ohne ersichtlichen Grund. Als sie uns erblickte, wurde es nicht besser. Sie versuchte, Hinderk zu beißen. Da habe ich ihr eine Ladung Pfefferspray verpasst. Danach war sie zumindest so ruhig, dass wir ihr die Handfesseln anlegen und sie hierherschaffen konnten.“

„Steht Kea unter Drogen?“

Die Polizeimeisterin schüttelte den Kopf.

„Der Wischtest an ihren Händen hat nichts ergeben. Sie muss allerdings noch ärztlich untersucht werden, aber das kann dauern. Der Doc kommt in frühestens einer Stunde, das ist jedenfalls mein neuester Stand."

„Dann können Enno und ich ja in der Zwischenzeit mal mit ihr reden."

Der Oberkommissar trat nun zu seinen beiden Kolleginnen und schaute sie fragend an.

„Worum geht es?"

Mona schilderte, was sie erfahren hatte.

„So, dann hat also das Töchterchen der Oberstudienrätin ein hitziges Temperament", brummte Enno. „Ich bin gespannt, was für eine Erklärung sie für ihren Ausraster hat."

Kea hockte auf der Pritsche. Sie hob den Kopf, als die Stahltür aufgeschlossen wurde und die beiden Ermittler zu ihr in die Zelle traten. Ihre Augen waren immer noch gerötet, ein Andenken an Grietjes Pfeffersprayeinsatz. Nach Monas Meinung war die junge Frau sehr hübsch. Ihr blondes Haar trug sie schulterlang, genau wie ihre Mutter. Doch während Silke Schmieder zur Üppigkeit neigte, war ihre Tochter gertenschlank. Kea trug Hotpants und ein bauchfreies Top, wodurch ihr Nabelpiercing nicht zu übersehen war.

Kea hatte sich immer noch nicht abgeregt. Das wurde Mona bewusst, als die junge Frau nun den Mund öffnete.

„Und wer seid ihr? Dick und Doof?"

„Nun halten Sie mal den Ball flach, Frau Schmieder!", blaffte Mona. „Finden Sie nicht, dass Sie schon genug Schwierigkeiten haben? Widerstand gegen Vollstreckungsbeamte ist keine Bagatelle. Außerdem haben meine Kollegen einige Anzeigen von Personen aufgenommen, die Sie wegen Beleidigung und Nötigung belangen wollen."

„Sollen sie es doch tun“, erwiderte Kea. „Ist mir egal.“

„Polizisten sind von Natur aus neugierig“, behauptete Mona. „Deshalb würden wir gern wissen, weshalb Sie heute auf der Promenade so ausgerastet sind. Mein Name ist übrigens Kommissarin Sander, und das ist Oberkommissar Moll.“

Kea nagte an ihre Unterlippe. Sie schien zu überlegen, ob sie überhaupt antworten sollte.

„Das geht nur mich etwas an. Die Leute haben mich genervt, da konnte ich mich nicht mehr beherrschen.“

Mona fühlte sich ihr in diesem Moment auf seltsame Weise verbunden. Auch sie selbst hatte sich schon öfter in ernsthafte Schwierigkeiten gebracht, weil sie ihre Zunge nicht im Zaum halten konnte. So wie Kea aber hatte Mona noch nie die Kontrolle über sich selbst verloren. Außer vielleicht damals, als sie diesen Hooligan geschlagen hatte, der unglücklicherweise der Sohn eines Staranwalts war.

Mona hätte jetzt eigentlich Kea etwas fragen sollen, aber Enno kam ihr zuvor.

„Schildern Sie uns doch einfach, wie Sie den heutigen Tag bisher erlebt haben, Frau Schmieder.“

„Was gibt es da schon groß zu erzählen? Ich bin früh aufgestanden, weil ich beim Frühstück weder meiner Mutter noch ihrem Deckhengst begegnen wollte. Morgens bringe ich sowieso kaum einen Bissen herunter. Also habe ich mich auf mein Fahrrad geschwungen und bin losgedüst. Ich war ganz weit im Ostland, bin dann Richtung Westen zurückgefahren und langsam die Hindenburgstraße runtergerollt. Dann kriegte ich irgendwann doch Hunger und habe mir in der Brasserie auf der Franz-Habich-Straße ein Salamibrötchen und einen Kaffee genehmigt. Ich wollte auf der Promenade eigentlich nur kurz chillen und dann später an den Strand gehen. Aber plötzlich haben mich alle so blöd angeglotzt, das war ätzend. Ich verlor die Nerven. Können Sie das nicht verstehen?“

Mona fragte sich, ob Kea psychische Probleme hatte. Darüber musste ein Arzt entscheiden. Aber momentan interessierte sie noch ein anderer Punkt.

„Wann haben Sie das Ferienhaus heute Morgen verlassen?“

„Das muss so gegen sieben Uhr gewesen sein. Ich wollte abhauen, bevor meine Mama und ihr Lover mit ihrer morgendlichen Vögelei anfangen.“

„Ich verstehe. Dann haben Sie also nicht mitbekommen, dass heute im Greune-Stee-Weg eine Leiche entdeckt wurde?“

Kea riss ihre Augen weit auf. Entweder war sie eine erstklassige Schauspielerin oder die Frage hatte sie wirklich überrascht. Mona tippte auf die zweite Variante. Sie konnte sich inzwischen meist auf ihre Menschenkenntnis verlassen. Kea mochte aufbrausend und beleidigend sein, aber eine gute Lügnerin war sie nicht.

„Nee, von einer Leiche weiß ich nichts. Glauben Sie, ich hätte den Typen umgelegt?“

„Wir wissen noch nicht einmal mit Gewissheit, ob der Mensch getötet wurde“, erwiderte Mona.

„Wieso das?“

„Weil es sich um eine Mumie handelt. Das Obduktionsergebnis steht noch aus.“

„So genau wollte ich es gar nicht wissen.“ Keas Teint schimmerte nun leicht grünlich. „Und ich stehe jetzt unter Mordverdacht?“

Mona schüttelte den Kopf.

„Wie gesagt, noch steht die Todesursache gar nicht fest. Wenn Sie niemanden getötet haben, müssen Sie sich keine Gedanken machen. – Sie wohnen doch in dem Ferienhaus, auch wenn Sie nicht so oft dort sind. Ist Ihnen während der letzten zwei Wochen etwas Ungewöhnliches aufgefallen? Vielleicht ein Fahrzeug, das nicht dorthin gehört."

Die junge Frau schüttelte den Kopf.

„Bei den vielen Touris, die sich in den Ferienhäusern die Klinke in die Hand geben, kann ich das unmöglich sagen. Aber eigentlich gehe ich dort nur zum Pennen hin und vermeide den Kontakt mit meiner Mama und ihrem Lover."

Mona nickte und machte sich eine Notiz.

„Ich habe niemanden um die Ecke gebracht", beteuerte Kea. Aber sie fügte hinzu: „Jedenfalls nicht, soweit ich weiß."

Mona hob die Augenbrauen.

„Wie meinen Sie das?"

„Ich habe manchmal Gedächtnislücken. Dann kann ich nicht sagen, was ich während der letzten Stunde gemacht habe. Das hätte ich Ihnen verschweigen können. Aber spätestens bei der ärztlichen Untersuchung wäre es doch herausgekommen."

„Sie tun sich wirklich keinen Gefallen, wenn Sie mit Tatsachen hinter dem Berg halten."

Mit diesem Satz meldete sich nun auch Enno wieder zu Wort.

„Tue ich doch gar nicht, kapiert?", giftete Kea ungehalten. „Wann kann ich eigentlich abhauen?"

„Warten wir zunächst die Untersuchung durch den Mediziner ab", sagte Mona. „Was machen Sie eigentlich beruflich?"

„Ich studiere Kunst."

Kea schaute Mona herausfordernd an, als ob sie einen hämischen Kommentar erwartete. Aber Mona hielt sich zurück und verließ gemeinsam mit Enno die Arrestzelle. Im Wachlokal besprachen sie sich noch kurz mit Grietje.

„Ich habe die Personalien schon gecheckt“, sagte die Polizeimeisterin. „Kea ist in Düsseldorf gemeldet, die Borkumer Adresse ist als Zweitwohnsitz eingetragen.“

Mona nickte.

„Wenn der Familie das Ferienhaus gehört, werden sie wohl hier oft den Urlaub verbracht haben.

Was ist eigentlich mit Keas Vater? Mark kann wohl kaum ihr Erzeuger sein, der ist doch höchstens fünf Jahre älter als unser blondes Biest.“

Grietje warf einen Blick auf den Computerbildschirm.

„Dr. Kurt Schmieder wurde vor fünf Jahren in Düsseldorf von seiner Ehefrau als vermisst gemeldet. Seitdem fehlt von ihm jede Spur.“

„Silke Schmieder ist also theoretisch weder verwitwet noch geschieden“, stellte Enno fest. „Aber sie hat offenbar ein Faible für Sportsmänner, die halb so alt sind wie sie selbst.“

„Ihr wisst doch auch, wie viele Menschen in Deutschland jeden Tag verschwinden“, sagte Mona. Das muss nichts mit unserem Fall zu tun haben.“

Kapitel 4

Auch Mona liebte den frühen Morgen. Je nach Wetterlage begrüßte sie den Tag entweder joggend am Strand oder Eisen pumpend im Kellerkraftraum der Polizeistation. An diesem Sommertag gab es nur leichte Schleierwolken über der Nordsee, die durch die aufgehende Sonne in satten Orangetönen erschienen.

Während Mona durch den feuchten Sand unterhalb von Hinnis Strandoase lief, musste sie wieder an Kea denken. Ob der Anblick des Horizonts die Kunststudentin zu einem Bild inspirieren würde?

Mona hatte keine Ahnung von Malerei, obwohl es auf Borkum mehr als genug Künstler und Galerien gab. Sie fragte sich, ob Kea schon vor dem Verschwinden ihres Vaters psychische Probleme gehabt hatte. Dr. Schmieder war zu einem Zeitpunkt abgetaucht, als seine Tochter ein Teenager gewesen war. Kea hatte durchblicken lassen, dass ihr das aktuelle Liebesleben ihrer Mutter nicht gerade behagte. Ob dieser selbstgefällige Fitnesstrainer damals schon die Oberstudienrätin besprungen hatte? Ob der Ehemann deshalb abgehauen war? Monas berufliches Interesse wurde geweckt. Aber noch gab es nicht den geringsten Hinweis darauf, dass die Ereignisse im Hause Schmieder etwas mit der Mumie zu tun hatten.

Mona blickte auf die Uhr, während sie zu ihrer Wohnung in der Walfangerstrate zurücksprintete. Den Rest des gestrigen Tages hatten Enno und sie mit weiteren Befragungen in der Nähe des Leichenfundortes verbracht. Herausgekommen war dabei nichts. In der Tageszeitung fand sich nur eine Drei-Zeilen-Meldung über den Fund des unbekannten Toten. Der Reporter hatte fälschlicherweise geschrieben, dass eine Wasserleiche angespült worden war. Mona konnte über diese Dummheit nur herzhaft lachen. Es

hätte schon eine Sturmflut über Borkum hinwegfegen müssen, um einen Toten so weit oberhalb des Strandes zurückzulassen und dann auch noch in den Sand zu bohren. Aber sie war dankbar für die Bräsigkeit des Berichterstatters, denn so würde ihr und ihren Kollegen wohl eine Medieninvasion vom Festland erspart bleiben.
Eine unbekannte Wasserleiche war nämlich nicht sensationell genug.

Nachdem Mona geduscht und schnell gefrühstückt hatte, radelte sie zur Polizeistation in der Strandstraße 11.
„Dienstbesprechung“, sagte Enno statt einer Begrüßung, als sie das Wachlokal betrat. Wenig später saß sie gemeinsam mit ihrem Kollegen im Arbeitszimmer von Hauptkommissar Oltbeck. Der penibel aufgeräumte Raum war bis auf ein Porträt des Bundespräsidenten völlig schmucklos gehalten.
Mona und Enno brachten ihren Chef auf den neuesten Stand der Ermittlungen.
„Besonders viel haben wir allerdings noch nicht herausfinden können“, meinte Mona mit einem seltenen Anflug von Selbstkritik.
„Nun, wir wollen uns ja auch nicht in wilden Spekulationen ergehen, nicht wahr?“, erwiderte Oltbeck jovial. „Wenn in der Nachbarschaft keine Zeugen aufzutreiben sind, dann müssen wir auf das Ergebnis der Obduktion warten. Was ist mit diesem Menschen in der Arrestzelle?“
„Wir gehen davon aus, dass er jetzt wieder nüchtern ist“, sagte Enno. „Nachdem er gestern Frau Sander angegriffen hatte, mussten wir ihn erst mal ausnüchtern. Seine Zeugenaussage zum Leichenfund liegt noch nicht vor.“
„Gut, dann wird dies Ihre nächste Aufgabe sein“, gab der Vorgesetzte zurück. „Im Lauf des Tages können wir mit einem Obduktionsergebnis aus Oldenburg rechnen.“

„Konnten die Kriminaltechniker am Leichenfundort etwas feststellen?“, wollte Mona wissen.

Oltbeck schüttelte den Kopf.

„Leider nein, Frau Sander. Fest steht nur, dass der Tote höchstens zwei oder drei Fingerbreit mit Sand bedeckt war. Der Täter hatte also entweder wenig Zeit, um den Körper zu verscharren, oder er wollte es bewusst darauf anlegen, dass die Mumie schnell gefunden wird. Dieser Hund …“

„Zerberus“, warf Enno ein.

„Danke, Herr Moll. Jedenfalls wird Zerberus nicht der einzige Vierbeiner sein, der in diesem Gebiet unterwegs ist. Das muss der Verbrecher gewusst haben, wenn ihm die Verhältnisse vor Ort auch nur halbwegs bekannt waren.“

Damit hatte der Hauptkommissar recht, wie Mona fand. Sie war ganz seiner Meinung.

Allerdings hatte sie noch nicht die geringste Ahnung, was sie aus diesen Fakten schlussfolgern sollte.

„Knöpfen wir uns also den Schluckspecht vor“, sagte sie zu Enno, nachdem sie das Dienstzimmer des Vorgesetzten wieder verlassen hatten.

„Nichts lieber als das.“

Der Bärtige wandte Mona sein käsiges Graubrotgesicht zu, als sie die Arrestzelle aufschloss.

„Ich habe keine Ahnung, weshalb ich hier bin“, krächzte er mit belegter Stimme.

„Weil Sie so unschuldig sind oder weil Sie einen Filmriss haben?“, erwiderte Mona spitz. „Egal, das können Sie sich ja noch überlegen. Kommen Sie, wir haben mit Ihnen zu reden. Die Polizei Borkum spendiert Ihnen auch einen Kaffee. Oder einen Tee, falls Ihnen das lieber ist. Wir sind hier schließlich in Ostfriesland.“

„Kaffee“, forderte der Bartträger. „Ich konnte diese Mückenpisse noch nie ausstehen.“

Enno brachte den Kerl schon mal in einen Verhörraum, während Mona einen Becher Kaffee holte. Dann nahm sie neben ihrem Kollegen und gegenüber von dem Trunkenbold Platz. Enno nannte seinen und Monas Namen und belehrte den Beschuldigten außerdem über seine Rechte. Der Kerl grinste frech.

„Ich wüsste nicht, was ich ausgefressen haben sollte."

„Sie haben mit einer Bierflasche nach meiner Kollegin geworfen. Das sollte für eine Anklage wegen Angriffs auf eine Polizeibeamtin ausreichen."

„Na, aber ich habe doch wohl nicht getroffen, oder? Das hübsche Köpfchen scheint doch unversehrt zu sein."

Mona fand den Bartmann von Minute zu Minute widerlicher.

„Wie heißen Sie?", fragte sie kühl.

„Ulrich Lottmann. Und ich bin Journalist. Sie sollten sich besser nicht mit der Presse anlegen."

Jetzt kriege ich aber Angst!, dachte Mona ironisch. Aber sie sagte: „Warum waren Sie gestern Morgen betrunken, Herr Lottmann?"

„Warum nicht? Ich habe momentan Urlaub, da kann ich doch tun und lassen, was ich will."

„Ihr Alkoholrausch hat nicht zufällig etwas mit dem Leichenfund am Greune-Stee-Weg zu tun?"

Lottmann nahm einen Schluck Kaffee, bevor er antwortete.

„Was für ein Leichenfund? Ich habe keine Ahnung, wovon Sie reden."

Nun war es Mona, die ein breites Grinsen sehen ließ. Es war immer ein schönes Gefühl, einen Lügner überführen zu können. Sie hatte sich mittlerweile das YouTube-Video von dem Leichenfund ebenfalls auf ihr Smartphone geladen. Es trug den Titel „Polizistin flippt aus", was Mona unzutreffend fand. Wenn sie wirklich die Kontrolle über sich selbst verlor, dann ging es noch ganz anders zur Sache. Und das würde sie dann definitiv nicht bei YouTube sehen wollen. Jetzt aber spielte sie den Clip ab, wobei sie Lottmann ihr Smartphone vor die Nase hielt.

„Dieser schüchterne Mensch dort hinter dem Fahrzeugheck sind doch Sie, oder? Man kann Sie sehr gut erkennen."

Lottmann war das Lächeln vergangen. Er zog die Augenbrauen zusammen und kaute an seiner Unterlippe.

„Ja, zum Henker. Das bin ich."

„Das Video entstand ungefähr zwanzig Minuten, bevor wir an Ihrer Haustür waren. Kann es sein, dass Sie sich innerhalb von so kurzer Zeit sinnlos betrunken haben?"

„Schon möglich. Deshalb konnte ich mich wohl auch nicht mehr daran erinnern, dort draußen gewesen zu sein."

Mona schlug mit der flachen Hand auf den Tisch.

„Veralbern können wir uns allein!", rief sie. „Sie haben aus einem anderen Grund getrunken, und den wollen wir jetzt von Ihnen erfahren."

Lottmann ließ den Kopf sinken, antwortete aber nicht. Nach Monas Meinung war er für einen Journalisten nicht besonders redegewandt.

„Kannten Sie den Toten?", bohrte sie nach.

„Nein."

Ob das eine Lüge war? Mona wusste es nicht.

„Wie können Sie das sagen? Der Leichnam ist mumifiziert. Wir wissen momentan noch nicht, wer der Tote war oder ob überhaupt eine Straftat begangen wurde."

„Warum verdächtigen Sie dann mich?"

„Das tun wir nicht", stellte Mona richtig. „Sie werden momentan nur beschuldigt, mich attackiert zu haben. Und das können wir auch beweisen."

„Na schön, es tut mir leid."

Ob Lottmann wirklich glaubte, die Sache damit aus der Welt schaffen zu können? Jedenfalls nicht, wenn es nach

Mona ging. Sie versuchte, ihm mehr Informationen zu entlocken.

„Wo leben Sie, Herr Lottmann?“

„In Duisburg.“

„Und Sie sind dort bei einer Zeitung angestellt?“

Der Bärtige schüttelte den Kopf.

„Nein, ich arbeite freiberuflich für verschiedene Blätter, auch überregional.“

„Dann hat also Ihr berufliches Interesse Sie zu dem Leichenfundort gelockt?“

„Genau, Frau Kommissarin. Ich bin hier zwar eigentlich im Urlaub, aber hundertprozentig abschalten kann man ja doch nicht. Das geht Ihnen gewiss nicht anders.“

Da täuschte sich Lottmann gewaltig. Wenn Mona Ferien hatte und ihre beste Freundin in London besuchte, legte sie ihre Polizeirolle in dem Moment ab, in dem sie die Dienststelle verließ. Und sie wurde erst wieder zur Kommissarin, wenn die Auszeit vorbei war. Aber ihre privaten Gefühle waren momentan nicht das Thema.

„Also wollten Sie eventuell einen Artikel über das Ereignis schreiben? Aber müsste man dafür nicht einen klaren Kopf haben?“

„Wie gesagt, ich weiß nicht mehr, warum ich getrunken habe.“

Das klang für Monas Geschmack sehr nach einer faulen Ausrede. Aber da sie Lottmanns Version nicht entkräften konnte, musste sie sich einstweilen damit zufriedengeben. Ein Seitenblick auf Ennos Gesicht bewies ihr, dass ihr Kollege dem Verdächtigen ebenfalls kein Wort glaubte.

Mona und Enno beendeten die Befragung und fuhren Lottmann zu dessen Ferienhaus zurück. Dort checkten sie seinen Personalausweis. Zumindest hatte er die Wahrheit gesagt, was seinen Namen und seinen Wohnort anging.

„Wegen der Tätlichkeit gegen mich bekommen Sie Post von der Staatsanwaltschaft, Herr Lottmann“, sagte Mona zum Abschied. „Wir wünschen Ihnen noch einen angenehmen Aufenthalt auf Borkum.“

Der Journalist murmelte einige Worte, die gewiss keine Höflichkeitsfloskel waren.

Mona ließ den Opelmotor an.

„Was hältst du von dem rasenden Sprit-Reporter, Enno?“

„Lottmann verschweigt uns etwas. Er weiß mehr über diese Leiche, als er zugeben will. Ich kenne übrigens auch einen Journalisten, der ist aber in Ordnung. Ich werde ihn mal anrufen und fragen, ob er etwas über Lottmann weiß.“

„Es gibt doch unzählige Reporter in Deutschland, jedenfalls kommt es mir so vor. Warum sollte dein Freund ausgerechnet Lottmann kennen?“

„Die Welt ist trotzdem klein, wenn man sich in bestimmten Kreisen bewegt. Das ist doch bei der Polizei genauso, Mona. Als du hierher versetzt wurdest, eilte dir dein Ruf auch schon voraus.“

„Echt? Und was sagte man über mich?“

„Du solltest angeblich eine Nervensäge sein, die beim geringsten Anlass sofort an die Decke geht.“

„Und was dachtest du damals, als du mich als Partnerin bekommen solltest?“

„Ich finde heute, dass diese Gerüchte hundertprozentig zutrafen.“

Mona warf Enno einen Seitenblick zu und sah den Schalk in seinen Augen blitzen. Trotzdem tat sie so, als ob er sie gekränkt hätte. Sie schob die Unterlippe vor.

„Jetzt hast du meine Gefühle verletzt.“

„Dann lade ich dich als Entschädigung zum Mittagessen ein.“

Das ließ sich Mona nicht zweimal sagen. Enno ging mit ihr zum „Strandläufer“ in der Bismarckstraße, wo Mona einen

Salatteller „Neptun“ verdrückte. Enno selbst machte sich über einen Mixed-Grill-Teller her.

Als sie später zur Polizeistation zurückkehrten, hatte Grietje bereits Neuigkeiten für sie.

„Dr. Großkurth vom rechtsmedizinischen Institut in Oldenburg bittet um einen Rückruf.“

Mona war gespannt wie ein Flitzebogen.

Sie rannte zu ihrem Schreibtisch, griff zum Telefon und schaltete den Lautsprecher ein. So konnte Enno mithören, was der Pathologe ihr zu sagen hatte. Ungeduldig wartete sie, während das Freizeichen ertönte. Dann wurde in Oldenburg der Telefonhörer abgenommen.

„Großkurth.“

„Hier spricht Kommissarin Sander, Polizei Borkum. Es geht um unsere Mumie.“

„Ja, die Mumie.“ Dr. Großkurth lachte, als ob das komisch wäre. „Präziser wäre es wohl, von einer Wachsleiche zu sprechen. Wie auch immer, da haben Sie uns ja ein ganz schönes Ei ins Nest gelegt, Frau Sander.“

Mona rollte ungeduldig mit den Augen. Aber sie hatte schon öfter mit dem Gerichtsmediziner zu tun gehabt und wusste, dass er gern um den heißen Brei herumredete. Wenn man zu direkt wurde, konnte man es sich mit ihm verderben. Und das wollte sie nicht riskieren, besonders jetzt nicht.

„Ich verstehe nicht ganz, Herr Dr. Großkurth.“

„Die Identifizierung der Leiche war alles andere als einfach.“ Der Pathologe klang nun besonders selbstgefällig. „Aber zum Glück haben Sie es ja mit Profis zu tun.“

Es machte Mona fast wahnsinnig, dem Gerichtsmediziner jedes Wort einzeln aus der Nase ziehen zu müssen.

„Wie lautet denn nun der Name des Toten?“

„Die Mumie hieß zu Lebzeiten Dr. Kurt Schmieder. Und er steht seit Jahren auf der Vermisstenliste der Kripo

Düsseldorf. So sind wir auch auf ihn gekommen, jedenfalls indirekt."

Monas Puls beschleunigte sich noch mehr. Der verschollene Ehemann der lebenslustigen Oberstudienrätin? Aber bevor sie über die Konsequenzen aus dieser Information nachdenken konnte, fuhr der Pathologe bereits fort: „An der Hand des Toten fanden wir einen Ehering mit der Gravur *Silke für immer*. Und ein Datum von vor 25 Jahren. Ich habe den Ring sofort zum Datenabgleich freigegeben. Und die Vermisstendatenbank aus NRW verzeichnete in der Tat eine Übereinstimmung. Nun stellte sich heraus, dass es auch DNA-Material der verschollenen Person gab. Für einen Mann wie mich war es ein Kinderspiel, die Verbindung herzustellen. Ich kann mit hundertprozentiger Sicherheit sagen, dass der mumifizierte Tote Dr. Kurt Schmieder war."

„Und wie steht es mit der Todesursache?"

„Da gehe ich ganz eindeutig von einem Tötungsdelikt aus, Frau Sander. Dr. Schmieder wurde durch einen Stich ins Herz getötet, und zwar mit einem ungewöhnlich schmalen, spitzen Gegenstand. Der Wundkanal war noch bemerkenswert gut erhalten."

„Also wurde ein Dolch benutzt, Herr Dr. Großkurth?"

„Ja, oder eine Ahle. Vielleicht auch eine Stricknadel, wenn sie spitz genug ist."

„Wie lange ist das Opfer schon tot?"

„Fünf Jahre, vielleicht auch weniger. Ich hörte, dass die Leiche im Sand gefunden wurde. Dort kann der Tote aber nicht konserviert worden sein, sonst hätte der Körper anders ausgesehen. Dann hätten sich nämlich schon viele kleine Tiere daran gütlich getan."

Der Pathologe lachte erneut. Aber das konnte Mona nicht erschüttern. Sie hatte nun einen ausgewachsenen Mordfall an den Hacken.

Kapitel 5

„Denkst du, was ich denke?“

Diese Frage richtete Mona an Enno, nachdem sie das Gespräch mit Dr. Großkurth beendet hatte. Der hünenhafte Friese stand auf.

„Ich würde sagen, dass Frau Schmieder uns einiges zu erklären hat.“

Doch als Mona und Enno das Ferienhaus am Greune-Stee-Weg erreichten, war niemand dort.

„Die können ja nicht den ganzen Tag lang durch die Betten toben“, meinte Enno und setzte seine Sonnenbrille auf. „Bei dem schönen Wetter werden sie am Strand sein.“

„Endlich dürfen wir mal ein paar hundert Strandkörbe nach einer Mörderin durchkämmen“, stöhnte Mona.

„Noch wissen wir nicht, ob Silke ihren Mann auf dem Gewissen hat.“

„Nein, aber der Verdacht besteht zumindest.“

Mona und Enno begaben sich zum Badestrand, der unmittelbar unterhalb der Bürgermeister-Kieviet-Promenade lag. Anstatt jeden einzelnen Strandkorb anzuschauen, fragten sie lieber die Vermieter nach dem ungleichen Paar. Schon beim dritten wurden sie fündig.

„Ja, ich habe Frau Schmieder einen Strandkorb für die ganze Saison überlassen, so wie jedes Jahr“, sagte der Mann mit dem grauen Vollbart und der Kapitänsmütze bereitwillig. „Es ist der da vorne.“

Er deutete auf einen der typischen Borkum-Strandkörbe. Er stand nahe der Wasserlinie. Mona dankte dem Vermieter, dann stapften sie und Enno auf den Strandkorb zu.

Silke Schmieder trug einen Bikini, der kaum etwas von ihrer üppigen Figur verhüllte. Auch ihr Liebhaber stellte seinen Luxuskörper in einer sehr knapp geschnittenen Badehose zur Schau.

„Frau Kommissarin!“, rief Mark grinsend. „Finden Sie nicht, dass Sie für einen Strandaufenthalt eindeutig zu viel anhaben?“

„Für Ihre dummen Sprüche ist jetzt keine Zeit!“, blaffte Mona und wandte sich an Frau Schmieder. „Wir müssen mit Ihnen über Ihren verschwundenen Ehemann reden.“

Die Oberstudienrätin warf Mona über den Rand ihrer Sonnenbrille hinweg einen kühlen Blick zu.

„Jetzt? Er ist seit fünf Jahren fort, hat das nicht Zeit? Und wie kommen Sie überhaupt dazu, so barsch mit meinem Freund zu sprechen?“

„Ich rede so, wie es mir passt“, erwiderte Mona scharf. „Es dürfte Sie vielleicht interessieren, dass wir Ihren Mann gefunden haben. Er ist tot.“

Einen Moment lang herrschte Schweigen. Sogar das Lachen der spielenden Kinder und das Kreischen der Möwen wurden leiser, jedenfalls kam es Mona so vor. Sie beobachtete ihr Gegenüber genau. Silke Schmieders Gesicht war zunächst völlig ausdruckslos, dann bekam es einen skeptischen Ausdruck.

„Kurt … ist tot? Wollen Sie andeuten, dass es seine Leiche war, die am Greune-Stee-Weg gefunden wurde?“

„So ist es, Frau Schmieder.“

„Ein Irrtum ist ausgeschlossen?“

Mona nickte.

„Sie selbst waren es, die vor fünf Jahren den Kollegen in Düsseldorf eine Haarbürste überlassen hat, um Vergleichsproben für den genetischen Fingerabdruck Ihres verschwundenen Ehemannes zu haben. Die mumifizierte Leiche wurde gerichtsmedizinisch untersucht, ein DNA-Abgleich vorgenommen. Es handelt sich bei dem Toten zweifelsfrei um Dr. Kurt Schmieder.“

„Und Ihr Ehemann wurde ermordet“, ergänzte Enno.

Die Oberstudienrätin sah nun verwirrt aus. So, als ob sie einen Scherz gehört hätte, von dem sie nicht wusste, ob sie ihn komisch finden sollte oder nicht. Mona brach das Schweigen.

„Wir müssen Sie beide bitten, sich etwas anzuziehen und uns zur Polizeistation zu begleiten."

Nun öffnete auch Mark seinen Mund. Mona hatte sich sowieso schon darüber gewundert, dass er so lange die Klappe gehalten hatte.

„Einen Moment – glauben Sie etwa, Silke und ich hätten etwas mit Kurts Tod zu tun?"

„Genau über diese und andere Fragen möchten wir gern mit Ihnen sprechen. Aber nicht am Strand, in Gegenwart von spielenden Kindern."

„Aber, das ist absurd", begehrte der Fitnesstrainer auf. „Silke hätte überhaupt keinen Grund, ihren Ehemann zu töten. Durch sein spurloses Verschwinden ist sie in ein tiefes seelisches Loch gefallen, sie …"

Die frischgebackene Witwe legte beruhigend ihre Hand auf seinen Unterarm.

„Lass es gut sein, Mark. Diese Leute tun nur ihre Arbeit. Wir haben uns nichts zuschulden kommen lassen, also müssen wir die Justiz auch nicht fürchten."

Silke warf sich ein knielanges Strandkleid über und setzte einen Strohhut auf, während ihr Liebhaber in Bermuda-Shorts und ein Freizeithemd einer teuren Designermarke schlüpfte. Mark schien von dem Leichenfund noch überraschter zu sein als seine Freundin. Oder war er ein guter Schauspieler? *Vielleicht ist er das, falls er seine Gefühle Silke gegenüber nur heuchelt*, dachte Mona. Jedenfalls war sie froh darüber, dass die beiden Verdächtigen folgsam mitkamen.

Wenig später saßen Mona und Enno dem ungleichen Paar im Verhörraum der Polizeistation gegenüber. Der Oberkommissar hatte Tee für alle bringen lassen.

„Werde ich einen Anwalt benötigen?“, wollte die Oberstudienrätin wissen.

Mona schüttelte den Kopf.

„Es steht Ihnen frei, einen Rechtsvertreter hinzuzuziehen. Allerdings befragen wir Sie heute nicht als Beschuldigte in einem Strafverfahren.“

Jedenfalls noch nicht, fügte sie in Gedanken hinzu.

Silke schüttelte den Kopf.

„Ich kann immer noch nicht glauben, dass Kurt nicht mehr lebt. Natürlich hatte ich diesen Gedanken schon länger gehabt. Aber es ist doch etwas anderes, endlich Gewissheit zu haben.“

Mark strich mit zwei Fingern zärtlich über ihre Wange.

„Du bist so stark, Süße.“

Mona machte sich bewusst, dass die Witwe bisher noch nicht eine Träne vergossen hatte. Das war allerdings noch kein Eingeständnis von Schuld. Vielleicht verfügte Silke einfach nur über eine grandiose Selbstbeherrschung.

„Ich habe die Vermisstenakte Ihres Mannes aus Düsseldorf angefordert, aber noch liegt sie mir nicht vor. Deshalb möchten wir Sie bitten, uns den Tag zu schildern, an dem Ihr Mann verschwand.“

Die Oberstudienrätin nickte.

„Obwohl die Ereignisse schon fünf Jahre zurückliegen, erinnere ich mich noch sehr gut daran. Es war der 11. Oktober, ein wunderbarer Herbsttag. Ich kam früher von der Arbeit als Kurt. Er war ja Abschnittsleiter im nordrhein-westfälischen Innenministerium und musste oftmals auch Abendtermine wahrnehmen. An diesem besagten Mittwoch hatte er allerdings nichts dergleichen angekündigt, aber manchmal geschahen diese Dinge eben auch spontan. Als

Kurt um 19 Uhr noch nicht daheim war, rief ich zunächst seine Sekretärin an. Aber die hatte längst Feierabend gemacht. Dann versuchte ich es auf seinem Handy. Der Apparat war ausgeschaltet, die Polizei hat das Telefon später übrigens nie gefunden. Ich machte mir allmählich richtig Sorgen. Als Nächstes versuchte ich mein Glück bei mehreren Arbeitskollegen, bei Freunden meines Mannes und bei seinem unmittelbaren Vorgesetzten."

„Was war mit dem Auto Ihres Mannes?"

„Der Wagen wurde später von der Polizei auf einem Parkstreifen in der Nähe des Düsseldorfer Hauptbahnhofs gefunden. Daher ging man davon aus, dass Kurt mit einem Zug weggefahren war."

„Sie erstatteten am nächsten Morgen die Vermisstenanzeige?"

„So ist es, Frau Kommissarin. Nach einer schlaflosen Nacht ging ich zum Polizeipräsidium. Dort legte man eine Akte an. Ich will Ihren Kollegen nicht unterstellen, dass sie ihre Arbeit nicht ordentlich gemacht haben. Tatsache ist aber, dass es niemals einen Hinweis auf Kurts Verbleib gab."

„Bis heute", betonte Mona. Sie wandte sich nun an Mark.

„Und was ist mit Ihnen? Wo waren Sie zum Zeitpunkt von Dr. Kurt Schmieders Verschwinden?"

„Wollen Sie meinen Freund etwa beschuldigen?", fuhr die Oberstudienrätin aggressiv dazwischen. „Ich lernte Mark erst kennen, nachdem Kurt fort war. Es ging mir sehr schlecht, und Mark hat mich wieder aufgebaut. Durch ihn habe ich überhaupt erst gelernt, was Leben bedeutet."

Der Sonnyboy schenkte seiner Freundin ein strahlendes Lächeln.

„Beruhige dich, Süße. Ich habe ein wasserdichtes Alibi."

Mit diesen Worten zog Mark einen abgegriffenen Reisepass aus der Tasche seiner Bermuda-Shorts und reichte ihn Mona.

„Vor fünf Jahren war ich im Oktober noch in Kalifornien. Wie Sie an dem Ausreisestempel erkennen können, kehrte ich erst Anfang November nach Deutschland zurück. Da war Silkes Ehemann schon seit zwei Wochen verschwunden."

Mona notierte sich die Angaben.

„Sehr gut, Herr Fichte. Sie werden verstehen, dass wir alle Möglichkeiten in Betracht ziehen müssen."

Mona schaute nun wieder die Oberstudienrätin an.

„Ich nehme an, man hat damals auch auf Borkum nach Ihrem Mann gesucht. Schließlich hatten Sie ja damals schon das Ferienhaus, nicht wahr?"

„Richtig. Obwohl Kurt an den Tagen vor seinem Verschwinden keine Auffälligkeiten gezeigt hatte, dachten die Ermittler auch an beruflichen Ärger. Sozusagen ein spontanes Burn-out. Die Polizei hat sich damals in unserem Ferienhaus umgesehen. Aber nichts deutete darauf hin, dass Kurt nach seinem Verschwinden noch einmal dort gewesen war."

„Ich erinnere mich jetzt wieder an diesen Einsatz", warf Enno ein. „Wir erhielten von einem Nachbarn den Schlüssel. Das Haus war unbewohnt, der Kühlschrank abgetaut, der Strom abgeschaltet, die Betten abgezogen. In dem Ferienhaus war offensichtlich seit Monaten kein Mensch mehr gewesen."

Mona selbst hatte vor fünf Jahren noch nicht auf Borkum gearbeitet.

„Wenn Sie hier regelmäßig Urlaub gemacht haben, dann war Ihr Mann doch auf Borkum auch bekannt, Frau Schmieder. Und er wurde nach seinem Verschwinden nicht mehr auf der Insel gesehen?"

„Offenbar nicht, Frau Sander. Da war er vielleicht schon tot."
Nun weinte Silke Schmieder doch. Ihr Freund legte seinen Arm um ihre Schultern. Mona wartete, bis sich die Witwe wieder halbwegs beruhigt hatte.
„Wie nahm Ihre Tochter damals eigentlich das Verschwinden ihres Vaters auf?"
„Sehr schlecht", schniefte Silke. „Kea ist … labil. Sie war bereits mehrfach in psychiatrischer Behandlung. Ich hörte bereits von dem Ärger, den meine Tochter gestern mit der Polizei hatte. Das bedaure ich. Kea hat manchmal diese Aussetzer, wenn sie ihre Medikamente nicht regelmäßig nimmt."
„Wo ist Ihre Tochter momentan?"
„Sie geht ihrer eigenen Wege, wie immer." Silke Schmieders Gesichtsausdruck spiegelte eine Mischung aus Zorn und Verzweiflung wider. „Kea macht es uns nicht immer leicht."
Darauf ging Mona nicht ein. Stattdessen sagte sie: „Bitte richten Sie Ihrer Tochter aus, dass sie sich umgehend bei der Polizei melden soll. Wenn das bis heute Abend nicht geschehen ist, muss ich sie zur Fahndung ausschreiben lassen."
„Wieso das denn?", fauchte die Oberstudienrätin. "Glauben Sie etwa, Kea hätte etwas mit dem Tod ihres Vaters zu tun? Das ist absolut lächerlich!"
„Wir glauben gar nichts", ließ sich nun Enno vernehmen. „Aber wir benötigen die Zeugenaussage Ihrer Tochter. Je mehr Informationen wir über die Todesumstände Ihres Mannes erhalten, desto schneller können wir seinen Mörder fassen."
„Oder seine Mörderin."
Diesen Satz hatte sich Mona nicht verkneifen können. Ihrer Meinung nach war Silke Schmieder höchst verdächtig.

Daran änderte auch die Tatsache nichts, dass die Ehefrau ihren Mann als vermisst gemeldet hatte.

„Können Sie eigentlich rekonstruieren, wann der Tote auf die Insel gekommen ist?“, fragte Mark.

„Über Details unserer Ermittlungen dürfen wir Ihnen keine Auskunft geben“, erwiderte Mona steif. Der Sonnyboy hatte einen wunden Punkt berührt. Von einer lückenlosen Überwachung durch Kameras konnte keine Rede sein. Borkum war von zwei Fährhäfen aus zu erreichen, hinzu kam die Flugverbindung zum Festland. Von den vielen privaten Segel- und Motorjachten ganz zu schweigen. Wer die Insel unbemerkt betreten oder verlassen wollte, konnte das auch tun. Die wenigen Polizisten der Borkum-Wache waren jedenfalls zu einer lückenlosen Kontrolle nicht in der Lage.

Diese Tatsache muss dem Mörder bewusst gewesen sein, dachte Mona. *Jeder, der die Insel halbwegs kennt, weiß von unserer Personalnot.*

In der Hochsaison wurde die Dienststelle durch zusätzliche Beamte vom Festland verstärkt, aber Dr. Schmieder war ja im Herbst, also in der Nebensaison, verschwunden. Aber warum war die mumifizierte Leiche erst nach mehreren Jahren vergraben worden?

Mona merkte plötzlich, dass alle Anwesenden sie fragend anschauten. Sie hatte wohl zu lange ihren Gedanken nachgehangen.

„Ich denke, das ist für den Moment alles“, sagte sie und erhob sich. „Wir müssen Sie bitten, die Insel nicht zu verlassen.“

„Ich will aber die Leiche meines Mannes sehen“, forderte Silke Schmieder. „Sie wurde doch aufs Festland gebracht, wenn ich Sie richtig verstanden habe.“

Diesen Wunsch konnte Mona der Witwe natürlich nicht verwehren. Silke Schmieder war nicht vorbestraft, hatte einen festen Wohnsitz und stand noch nicht unter Mordverdacht.

„Ich werde hier die Stellung halten“, kündigte Mark an. Das Paar verließ die Polizeistation, nachdem sie noch ihre Mobilfunknummern genannt hatten.

„Vergessen Sie nicht, Ihre Tochter zu uns zu schicken“, rief Mona der Oberstudienrätin nach. Aber Silke Schmieder blieb eine Antwort schuldig.

Der Arbeitstag neigte sich dem Ende zu, aber Mona und Enno waren noch nicht in Feierabendstimmung. Mona telefonierte die Reedereien und die Fluggesellschaft ab, die für die Verbindungen zwischen dem Festland und Borkum zuständig waren. Ihre Befürchtungen bestätigten sich. Es erwies sich als völlig unmöglich, Dr. Schmieders möglicherweise fünf Jahre zurückliegende Reise auf die Insel nachzuvollziehen.

„Sie können natürlich die Schiffsbesatzungen befragen“, bot ein Reedereimitarbeiter an. „Womöglich erinnert sich einer von ihnen an die Person.“

Daran hatte Mona auch schon gedacht. Aber das spätere Mordopfer war jahrelang zu seinem Ferienhaus gefahren. Gut möglich, dass sich Besatzungsmitglieder an sein Gesicht erinnerten. Doch die Zeugen würden wohl kaum sagen können, an welchem Tag genau sie den Mann zuletzt gesehen hatten. Mona bedankte sich trotzdem artig und legte den Telefonhörer auf.

„Du siehst so zufrieden aus, Enno. Ich habe während des Telefonierens bemerkt, dass du fleißig mit deinen Wurstfingern die Tastatur bearbeitet hast. Und du konntest deinen Blick kaum vom Bildschirm abwenden.“

„Komm doch mal zu mir, dann wirst du mich verstehen.“

Mona umrundete den Schreibtisch und linste dem Oberkommissar über die Schulter. Sie stieß einen Pfiff aus.

„Dr. Schmieder und Ulrich Lottmann kannten sich verflixt gut. Ich hatte bisher angenommen, der Journalist wäre nur ein Ferienhausnachbar gewesen. Aber diese Zeitungsartikel, die du da ausgegraben hast, sprechen eine andere Sprache."

Enno nickte.

„Lottmann hat früher ebenfalls in Düsseldorf gelebt. Er war im Medienzirkus eine ganz große Nummer, ein Enthüllungsjournalist ersten Ranges. Lottmann wollte einen Bestechungsskandal aufdecken, in den Dr. Schmieder verwickelt gewesen sein soll. Der Reporter grub sogar eine angebliche Geliebte aus, die in den Zeitungen nur als Maxi R. benannt wurde."

„Du hast doch alles schon gelesen, gib mir bitte die Kurzfassung. Was wurde aus dem Skandal?"

„Die Sache verlief im Sand, Dr. Schmieder konnten niemals irgendwelche Verfehlungen nachgewiesen werden. Er kam ohne Schaden aus dieser Affäre heraus, was man von Lottmann nicht gerade behaupten kann. Mit der Karriere des Reporters ging es steil bergab. Er verlor seine Festanstellung, kriegte zumindest in der nordrhein-westfälischen Landeshauptstadt kein Bein mehr auf die Erde. Lottmann musste seine Eigentumswohnung verkaufen. Und auch sein Ferienhaus, wie ich ebenfalls recherchiert habe."

„Lottmann war der Besitzer eines Ferienhauses?"

„So ist es. Und zwar handelt es sich laut Grundbuchauszug um genau das Objekt, in dem er momentan zur Miete wohnt."

„Was für eine Demütigung", stieß Mona hervor.

„Das sehe ich auch so. Jedenfalls konnte sich Lottmann in Düsseldorf nicht mehr halten. Er musste nach Duisburg umziehen, wo er Artikel über Kaninchenzüchterfeste und Seniorenjubiläen schreibt. Ich kenne mich auf dem Festland nicht so aus, aber der Wechsel von Düsseldorf nach Duisburg ist doch zweifellos ein Abstieg, oder?“

„Ein Abstieg, Enno? Es ist ein Absturz, eine Vertreibung aus dem Paradies–vor allem in der Kombination mit dem beruflichen Blackout. Ich schätze, dass Lottmann mit seiner Zeilenschinderei in der Provinz kaum über Hartz-IV-Niveau hinauskommt. Und seine Alkoholprobleme sind nicht zu übersehen.“

„Lottmann hat seine Misere nur einem Mann zu verdanken, nämlich Dr. Schmieder. Wenn das kein erstklassiges Mordmotiv ist, dann weiß ich auch nicht.“

„Wir sollten uns den abgehalfterten Reporter gleich mal vorknöpfen“, meinte Mona und gähnte verhalten.

Enno stimmte zu. Sie stiegen in den Opel Vectra und fuhren zum Greune-Stee-Weg. Lottmann war daheim, hatte aber bereits reichlich getankt. Mona wehte an der Tür eine gewaltige Alkoholfahne entgegen. Sie biss sich auf die Unterlippe. In diesem Zustand konnten sie den Kerl nicht vernehmen, seine Aussage würden keine Beweiskraft haben.

„Was wollen Sie denn schon wieder?“, lallte Lottmann. Immerhin erkannte er Mona. Das war in ihren Augen ein gutes Zeichen.

„Wir laden Sie hiermit zu einer Befragung auf die Borkumer Polizeistation vor, Herr Lottmann“, sagte sie förmlich. „Melden Sie sich dort morgen früh um neun Uhr. Und seien Sie nüchtern, sonst kriegen Sie den Ärger Ihres Lebens.“

„Wieso das denn?“

„Erscheinen Sie einfach dort, dann werden Sie es schon noch erfahren.“

Lottmann starrte mit glasigen Augen vor sich hin und nickte langsam. Die beiden Ermittler gingen wieder hinaus.

Sie kehrten zunächst zur Polizeiwache zurück und betraten ihr Dienstzimmer.

„Am liebsten würde ich ihn einbuchten, damit er uns nicht entkommt“, knurrte Mona. Enno schüttelte den Kopf.

„Oltbeck kriegt einen Herzinfarkt, wenn wir das tun. Außerdem hat die letzte Fähre des heutigen Tages vor drei Minuten abgelegt. Wie soll uns Lottmann entwischen? So ein Typ wie er hat kein Geld für ein Flugticket. Wenn er morgen früh nicht um neun Uhr bei uns auf der Matte steht, können wir ihn immer noch holen.“

„Dein Wort in Gottes Ohr.“

Mona wollte noch mehr sagen, aber in diesem Moment klingelte ihr Handy. Sie meldete sich mit Namen und Dienstgrad.

„Hier ist Kea Schmieder.“ Mona erkannte die helle Stimme sofort. „Meine Mama sagt, Sie wollen was von mir?“

„Ich möchte mit Ihnen reden, am besten noch heute. Können Sie zur Dienststelle kommen?“

„Muss das sein?“ Keas Stimme zitterte. „Polizeiwachen machen mir Angst.“

„Wir können uns auch anderswo treffen. Wie wäre es am Wasserturm?“

„Ja, okay. Aber erst in einer Stunde. Ich bin momentan noch mit dem Rad unterwegs. Ich brauche Zeit, um dorthin zu gelangen.“

„Meinetwegen. Aber kommen Sie bitte wirklich.“

„Ja, sicher. Ich will nicht noch mehr Ärger mit den Bullen.“

Das Telefonat war beendet und Mona steckte ihr Smartphone wieder ein. Da sie direkt neben Enno stand, hatte er den Wortwechsel mitbekommen.

„Soll ich dich begleiten, Mona?“

„Nicht nötig. Du kannst heute mal pünktlich Feierabend machen, Enno. Sonst meckert Oltbeck noch wegen der

Überstunden. Außerdem traue ich es mir zu, Kea allein zu befragen."

„Das Früchtchen könnte aber gefährlich werden", warnte Enno, während er von seinem Bürostuhl aufstand. „Kea hat ja ihre Gewaltbereitschaft schon unter Beweis gestellt."

„Keine Sorge, ich bin schon groß."

Enno grinste.

„Denk' einfach an die Eigensicherung, okay? Aber ich bin sicher, dass du mit Kea allein fertig wirst."

Auch Mona war optimistisch, was diesen Punkt anbelangte. Da störte es sie auch nicht, dass die junge Frau mit der Modelfigur fast einen Kopf größer war als sie selbst. Nur weil Kea gelegentlich ausflippte, machte sie das noch nicht zu einer Kämpfernatur.

„Also, dann bis morgen."

Nach Ennos Abschied verließ Mona ebenfalls die Polizeiwache. Es lohnte sich nicht, für eine Stunde nach Hause zu fahren. Also genehmigte sie sich ein Eis im Eiscafé Trattoria an der Bismarckstraße. Während Mona sich ausgiebig mit ihrer süßen Leckerei befasste, führte sie sich die bisherigen Ermittlungsergebnisse vor Augen.

Die entscheidende Frage lautete ihrer Meinung nach, wie Dr. Schmieder von seinem späteren Mörder nach Borkum gelockt worden war. Es schien Mona ziemlich unwahrscheinlich zu sein, dass man die Leiche auf die Insel geschafft hatte. Es wäre viel zu riskant gewesen, einen toten Körper durch die Gegend zu transportieren. Er war also wahrscheinlich auf Borkum ermordet worden. Dann hatte man ihn austrocknen lassen und seine sterblichen Überreste fünf Jahre später in Sichtweite seines Hauses verscharrt. Aber warum ausgerechnet an dieser Stelle in den Süddünen?

Ob die Platzierung der Leiche vielleicht sogar eine Botschaft darstellen sollte? Eine offenkundige Drohung an Silke Schmieder und ihren Liebhaber?

Mona machte sich eine Notiz in ihrem Smartphone. Sie musste unbedingt mehr über die Vergangenheit dieser Verdächtigen erfahren. Der Pathologe aus Oldenburg hatte nicht mit hundertprozentiger Sicherheit sagen können, wann genau Dr. Schmieder ermordet worden war. Also kam Mark Fichte doch als Täter infrage, denn er hätte seinen Rivalen genauso gut Anfang November töten können. Vorausgesetzt, dass ein Komplize das Opfer zuvor 14 Tage lang gefangen gehalten hatte.

Während das Eis auf Monas Zunge schmolz, erweiterte sich vor ihrem geistigen Auge der Verdächtigenkreis. Auch Kea konnte zurzeit nicht ausgeschlossen werden. Mona hielt die junge Frau für aggressiv genug, um eine solche Bluttat zu begehen. Einen eiskalten Mord traute sie Kea sicherlich nicht zu, aber bei einem Totschlag im Affekt sah die Sache schon anders aus.

Wie war das Verhältnis zwischen Vater und Tochter gewesen, bevor Dr. Schmieder spurlos verschwunden war?

Mona machte sich eine weitere Notiz, um später auch diesen Gesichtspunkt zu checken. Von Kea selbst konnte sie wohl keine objektive Aussage erwarten, Gleiches galt für ihre Mutter. Aber bei ehemaligen Freundinnen, Schulkameradinnen und Lehrern konnte sie Glück haben.

Mona schob ihren leeren Eisbecher weg und schlenderte durch die Bismarckstraße Richtung Bahnhof. Sie war umgeben von Touristen, von denen viele einen mehr oder weniger starken Sonnenbrand zur Schau stellten. Neben normalen Urlaubern gab es auf Borkum auch viele Kurgäste, die sich vom Klima der Hochseeinsel Linderung für ihre Leiden erhofften. Mona schaute auf die Uhr. Sie hatte über ihren Gedanken die Zeit vergessen und musste sich jetzt fast schon beeilen, wenn sie den Treffpunkt pünktlich erreichen wollte. Also hetzte sie zur Dienststelle zurück.

Mona schwang sich in den Sattel ihres Rades, das sie an der Polizeistation zurückgelassen hatte. Sie düste durch die Straßen, in denen es nun allmählich ruhiger zuging. In den Kurkliniken wurde jetzt das Abendessen serviert, und die übrigen Inselbesucher begaben sich ebenfalls in Restaurants oder in die Küchen ihrer gemieteten Ferienhäuser. Es würde allerdings im Hochsommer noch lange dauern, bis die Dämmerung über der unendlich weit erscheinenden Horizontlinie hereinbrach.

Daher bemerkte Mona den leblosen Körper schon aus größerer Entfernung. Er lag unmittelbar unterhalb des Wasserturms, der ein beliebter Aussichtspunkt war.

Sie fluchte laut, während sie ihr Fahrrad schneller vorwärtsjagte. Gleich darauf stieg sie in die Bremsen, sprang aus dem Sattel und kniete sich neben die leblose Frau.

Es war Kea Schmieder.

Unter dem Hinterkopf der jungen Frau hatte sich eine kleine Blutlache gebildet. Keas Augen waren geschlossen, auf den ersten Blick wirkte sie wie tot.

Mona tastete nach ihrer Halsschlagader. Die Haut fühlte sich kalt an, aber die Verletzte lebte noch. Mona griff nach ihrem Handy.

„Hier spricht Kommissarin Sander. Ich befinde mich am Wasserturm und benötige dringend einen Rettungswagen. Hier ist eine schwer verletzte weibliche Person. Außerdem brauche ich unbedingt Verstärkung!"

Mona brachte die Bewusstlose in eine stabile Seitenlage. Dann schaute sie einmal in die Runde. Der Täter konnte noch nicht lange fort sein, sonst wäre das Blut schon geronnen gewesen. Mona schätzte, dass sie ihn um wenige Minuten verpasst hatte.

Aber selbst diese kurze Zeitspanne reichte aus, um sich auf Borkum buchstäblich unsichtbar zu machen. Wenn es keine unmittelbaren Tatzeugen gab, dann musste sich der Täter einfach nur von seinem Opfer wegbewegen, bis er außer Sichtweite war. Die Polizei konnte nicht jeden abendlichen Spaziergänger oder Jogger festnehmen, nur weil er sich zufällig in der Nähe befand. Und die Tatwaffe? Sie sah keinen Gegenstand, der infrage kam.

Mona hoffte, dass bald ein Notarzt erscheinen würde.

Da gellten auch schon Alarmsirenen. Wenig später preschten eine Ambulanz und ein Streifenwagen durch die Geert-Bakker-Straße auf den Wasserturm zu. Der Notarzt sowie zwei Sanitäter kümmerten sich um Kea. Mona erklärte ihnen, dass sie die Ohnmächtige gefunden hatte. Dann wandte sie sich an ihre Kollegen. Es waren Claas Lammer und Aiske Berend von der Nachtschicht.

„Wir müssen sofort eine Nahbereichsfahndung einleiten. Ich gehe davon aus, dass der Täter noch nicht weit gekommen sein kann."

„Also suchen wir nach einem Kerl mit einer blutigen Keule in der Faust?", vergewisserte sich die sommersprossige Aiske.

„Deine Witze waren auch schon mal besser", erwiderte Mona scharf. „Das Opfer heißt Kea Schmieder und ist womöglich eine wichtige Zeugin bei einer Mordermittlung. Haltet einfach Ausschau nach Personen, die sich verdächtig verhalten. Vertraut eurem Instinkt. Notiert alle Personalien von Leuten, die euch merkwürdig vorkommen."

Die Uniformierten nickten und fuhren wieder los. Mona sprach den Notarzt an.

„Können Sie schon etwas sagen, Doktor?"

Der glatzköpfige Mediziner schüttelte den Kopf.

„Der Schlag war so heftig, dass er die Frau auch hätte töten können. Noch wissen wir nicht, ob sie es schafft. Es besteht der Verdacht auf Schädelbasisbruch. Wir bringen sie sofort ins Fachklinikum Borkum. Womöglich muss sie in ein

Spezialkrankenhaus aufs Festland geflogen werden, das kann ich jetzt noch nicht sagen. Ich rufe Sie an, sobald es Neuigkeiten gibt, Frau Sander."

Mona und der Notarzt kannten einander bereits von anderen gemeinsamen Einsätzen. Sie nickte grimmig. Während Kea auf einer Trage in den Krankenwagen geschoben wurde, griff Mona erneut zum Handy. Sie veranlasste Polizeischutz für die Verletzte. Man musste damit rechnen, dass der Täter mitbekam, dass sein Opfer noch lebte. Dann würde er womöglich in die Klinik eindringen und sein blutiges Werk vollenden wollen.

Durch die Bewachung der Verletzten wurde die dünne Personaldecke der Inselwache noch weiter strapaziert, aber das war Mona jetzt egal. Sie würde sich gern mit Oltbeck streiten, um ihre Entscheidung zu verteidigen. Jedenfalls sollte der Mistkerl, der die junge Frau so brutal niedergeschlagen hatte, nicht davonkommen.

Nachdem die Ambulanz weggefahren war, beteiligte sich Mona selbst an der Suche nach dem Täter. Sie trat kräftig in die Pedale. Aber es war, als würde sie eine Nadel im Heuhaufen suchen. Sie begegnete mehreren Abendspaziergängern, die aber alle harmlos wirkten. Mona zeigte ihnen ihren Dienstausweis, berichtete von der Tat und fragte nach Auffälligkeiten. Dabei beobachtete sie ihr jeweiliges Gegenüber genau. Die Leute reagierten geschockt oder verängstigt, aber keiner von ihnen wollte etwas Außergewöhnliches bemerkt haben.

Mona wusste, dass auf Zeugenaussagen nicht unbedingt Verlass war. Aber sie durfte nichts unversucht lassen. Nach einer Stunde traf sie sich noch einmal mit den Kollegen von der Streifenwagenbesatzung.

„Wir konnten niemanden entdecken, der uns tatverdächtig erschien", erklärte Polizeimeister Claas Lammer.

„Das geht mir genauso. Wir mussten es zumindest versuchen, nicht wahr? Danke für eure Hilfe, wir sehen uns dann später.“

Nachdem die Kollegen weggefahren waren, rief Mona Enno daheim an.

„Das ist ja ein dicker Hund!“, brummte der Oberkommissar, nachdem er von der Bluttat erfahren hatte. „Soll ich zu dir kommen?“

„Nein, was können wir jetzt schon ausrichten? Die Nahbereichsfahndung hat nichts gebracht, und mittlerweile ist die Sonne untergegangen. Ich werde noch Keas Mutter benachrichtigen, dann mache ich für heute auch Schluss. Wir müssen morgen besprechen, wie es weitergehen soll. Das hängt auch davon ab, ob Kea überlebt oder nicht. Ich werde von der Klinik aus angerufen, wenn es etwas Neues gibt.“

„Alles klar, Mona. Und pass auf dich auf. Wenn du ein paar Minuten früher gekommen wärst, dann hätte der Täter womöglich auch dich erwischt.“

Oder ich hätte Kea retten können, dachte Mona gallig. Doch sie schaffte es ausnahmsweise, ihre Klappe zu halten. Enno hatte seine Bemerkung bestimmt nicht fallengelassen, um ihr ein schlechtes Gewissen zu machen. So hinterhältig war er nicht. Enno Moll war einer der aufrechtesten und gradlinigsten Menschen, die sie kannte.

Dennoch enthielten Ennos Worte einen wahren Kern. Mona ertappte sich dabei, dass sie stärker als üblich auf potentielle Verfolger achtete. Sie bildete sich ein, über eine gute Beobachtungsgabe zu verfügen. Diese Eigenschaft war durch den Polizeidienst noch weiter geschärft worden. Aber falls Mona wirklich einen Verfolger hatte, dann konnte er sich erstklassig tarnen. Jedenfalls bemerkte sie niemanden, der es auf sie abgesehen hatte.

Mona rief auf Silke Schmieders Mobilfunknummer an, aber das Handy der Oberstudienrätin war offenbar ausgeschaltet. Daraufhin versuchte sie ihr Glück bei Mark Fichte. Der Fitnessguru meldete sich schon nach dem dritten Klingeln.

„Hier spricht Kommissarin Sander von der Polizei Borkum."

„Ah, die charmante rotblonde Gesetzeshüterin! Wie kann ich …"

„Lassen Sie den Unsinn, Fichte!", sagte Mona scharf. „Vermissen Sie Kea gar nicht?"

„Nicht wirklich. Silkes Tochter kommt und geht ja doch, wie es ihr beliebt. Ehrlich gesagt scheint sie mich auch nicht wirklich zu mögen, was man doch gar nicht verstehen kann, oder?"

„Kein Kommentar. Ich muss Sie jedenfalls davon in Kenntnis setzen, dass Kea schwer verletzt wurde und sich jetzt im Fachklinikum Borkum befindet."

„Das ist ja schrecklich!" Die Betroffenheit von Silkes Lover schien echt zu sein. „Wie ist das denn geschehen?"

Mona sagte es ihm. Und dann fügte sie hinzu: „Wo waren Sie eigentlich während der letzten zwei oder drei Stunden?"

„Sie verdächtigen mich? Also, Silke ist mit der letzten Fähre nach Emden gefahren, um von dort aus nach Oldenburg weiterzureisen. Sie will ja die sterblichen Überreste ihres Ehemannes in Augenschein nehmen, was ich persönlich sehr makaber finde. Aber es ist ihre Entscheidung. Nachdem ich Silke zur Fähre gebracht habe wollte ich nicht allein sein. Also ging ich ins *Ria's Beach*, wo ich ein paar Bekannte getroffen habe. Dort bin ich übrigens auch immer noch."

Mona rechnete im Kopf nach. Wenn Fichte nach dem Ablegen des Fährschiffs direkt ins *Ria's Beach* gefahren war und sich dort immer noch aufhielt, konnte er Kea nicht niedergeschlagen haben. Aber vielleicht kannte er die Hintergründe der Tat.

„Ich werde Ihre Angaben überprüfen, Herr Fichte. Sie können …"

Mona unterbrach sich selbst, denn in diesem Moment ertönte das Anklopfsignal.

„Warten Sie bitte kurz, ich erhalte einen Anruf auf der anderen Leitung."

Mona drückte das Gespräch weg und meldete sich erneut. Der Notarzt war am Apparat.

„Können Sie ins Fachklinikum kommen, Frau Sander? Ich möchte mit Ihnen sprechen."

Mona bekam weiche Knie. Ob Kea nicht überlebt hatte? Spekulieren brachte jetzt nichts, sie musste sich Gewissheit verschaffen. Sie versprach, sofort in die Klinik zu kommen. Dann wechselte sie wieder zu ihrem ursprünglichen Telefonat.

„Herr Fichte? Ich muss ins Fachklinikum, es geht um Kea."

„Gut, dann komme ich auch dorthin."

„Das werden Sie schön bleiben lassen, schließlich sind Sie kein Blutsverwandter."

„Sie aber auch nicht, Frau Kommissarin."

„Nein, aber ich bin Ermittlerin. Und ich will herausfinden, wer Kea das angetan hat. Wenn Sie sich nützlich machen wollen, dann versuchen Sie irgendwie, Keas Mutter zu erreichen. Sie ist noch nicht informiert. Ihr Handy war ausgeschaltet."

„Ja, das macht Silke manchmal, wenn sie ihre Ruhe haben will. Ich werde sehen, was ich tun kann."

„Okay, Herr Fichte."

Mona beendete das Gespräch. Sie stieg wieder auf ihr Fahrrad und fuhr im Eiltempo hinüber zu dem Krankenhaus, das sich in Strandnähe befand. Wer hier eingeliefert wurde, konnte sich immerhin mit einem Panoramablick auf die

Wellen der Nordsee von seiner Krankheit ablenken. Mona zeigte am Empfang ihren Dienstausweis. Es stellte sich heraus, dass der Notarzt Kea zur Weiterbehandlung an seinen Kollegen Dr. Martini übergeben hatte.

Dr. Martini war ein jung wirkender Mann mit einer dicken Hornbrille. Nachdem Mona sich ihm vorgestellt hatte, kam sie sofort zur Sache.

„Hat Kea Schmieder es geschafft?“

„Für den Moment ja, Frau Sander. Wir haben bei ihr ein Schädel-Hirn-Trauma diagnostiziert und mussten sie in ein künstliches Koma versetzen. Es geht zunächst darum, ihren Allgemeinzustand zu stabilisieren. Ist es übrigens wirklich nötig, dass ein Polizist vor ihrem Krankenzimmer postiert wurde? Der Anblick der Uniform könnte die übrigen Patienten nervös machen.“

„Das ist nicht zu vermeiden, solange der Gewalttäter auf freiem Fuß ist. Es ist doch auch in Ihrem Interesse, dass es hier im Krankenhaus keine Schwierigkeiten gibt.“

„Damit haben Sie zweifellos recht, Frau Kommissarin. Wir tun unser Möglichstes. Sollen wir Sie benachrichtigen, falls sich der Zustand dieser Patientin verschlechtert?“

„Ja, Sie können mich Tag und Nacht erreichen. Dann lässt sich wohl noch nicht einschätzen, wann Kea Schmieder wieder ansprechbar sein wird?“

„Leider nein.“

Mona bedankte sich bei dem Arzt. Sie schaute noch kurz nach ihrem Kollegen und schärfte dem Polizeimeister erhöhte Wachsamkeit ein.

„Wir haben es mit einem brutalen Täter zu tun, Arndt. Womöglich hat der Kerl bereits ein Menschenleben auf dem Gewissen. Ich gehe davon aus, dass die junge Frau sterben sollte. Wir haben es also mit einem versuchten Tötungsdelikt zu tun.“

„Ich lasse mich nicht überrumpeln“, versicherte Polizeimeister Arndt Brubeck und klopfte auf seinen Pistolenholster. Mona lächelte ihm aufmunternd zu und verließ die Klinik. Da bemerkte sie eine Bewegung im Schatten. Mona wurde bewusst, dass ihre eigene Dienstwaffe vorschriftsmäßig eingeschlossen auf der Polizeiwache lag. Wenn der Gewalttäter jetzt erneut zuschlug, konnte sie sich nur auf ihre eigenen Fäuste verlassen.

Als die Gestalt in den Lichtkegel des Eingangsbereichs trat, erkannte sie Mark Fichte.

Kapitel 6

Mona musste eingestehen, dass Fichte gar nicht mal so übel aussah. Sie hatte nicht unbedingt eine Schwäche für selbstgefällige Typen. Aber Mark Fichte war wenigstens nicht grundlos stolz auf sein Aussehen. Man sah ihm an, dass er viel Zeit mit Sport verbrachte. Das verwunderte Mona allerdings nicht. Wenn Fichte sein Geld als freiberuflicher Fitnesscoach verdiente, hätte er mit einer bierbäuchigen Gestalt ein massives Glaubwürdigkeitsproblem gehabt.

An diesem Abend trug er eine sandfarbene Cargohose und ein schrill gemustertes Freizeithemd. Fichte schien nicht zu frieren, obwohl die Sonne inzwischen untergegangen war und eine frische Brise von der Nordsee her wehte.

„Wie geht es Kea? Kann ich zu ihr?“

Fichte wollte an Mona vorbei in die Klinik, aber sie versperrte ihm den Weg.

„Lassen Sie das. Die Patientin braucht ihre Ruhe. Und wenn Kea wieder ansprechbar ist, dann wird als Allererstes die Polizei mit ihr reden.“

„Wieso das denn?“

Mona blickte zu dem Fitnesstrainer auf, der sie um eine Haupteslänge überragte.

„Was glauben Sie wohl, Herr Fichte? Wir wollen doch den Dreckskerl erwischen, der sie niedergeschlagen hat. Das muss doch auch in Ihrem Sinn sein.“

„Ja, natürlich“, murmelte Mark. „Sie müssen entschuldigen, Frau Sander. Ich bin verwirrt. Für mich ist es immer noch unglaublich, dass der Leichnam von Silkes Mann praktisch vor meinen Füßen abgelegt wurde.“

„Das ist wirklich bemerkenswert.“ Mona gab ihm recht. „Können Sie sich das erklären?“

Mark hob die Schultern.

„Das muss ein Psycho gewesen sein.–Wollen wir nicht ein Glas zusammen trinken, Frau Sander? Ich wette, Sie würden mich gern aushorchen. Oder?“

Damit hatte Mark Fichte verdammt recht. Mona fragte sich allerdings, ob es clever war, mit einem Verdächtigen auszugehen. Darunter konnte später vor Gericht die Glaubwürdigkeit ihrer Aussage leiden. Aber andererseits schien Fichte wirklich unschuldig zu sein, was den Anschlag auf Kea anging. Trotzdem war Mona überzeugt davon, dass der Fitnesstrainer mehr wusste, als er bisher zugegeben hatte.

„Meinetwegen, aber nur etwas Alkoholfreies. Und auch nur, weil ich jetzt wirklich Durst habe.“

„Gut, dann lassen Sie uns zu Leo’s Restaurant gehen. Von dort aus hat man einen wunderbaren Blick auf den Horizont.“

Von der Klinik aus war es nur wenige Meter zu dem Lokal an der Promenade, in das Fichte Mona nun führte. Sie musste widerwillig eingestehen, dass der Fitnesstrainer über Geschmack verfügte. Mona war unwillkürlich beeindruckt. Oder lag es nur daran, dass sie so lange nicht mehr mit einem Mann ausgegangen war? Und schon gar nicht mit einem, der so gut aussah wie Mark Fichte. Mona bildete sich ein, die neidischen Blicke anderer Frauen zu spüren, als sie an seiner Seite Leo’s Restaurant betrat.

Mark bestellte einen *Black Russian* für sich und einen *Virgin Colada* für Mona. Sie nahm einen Schluck von ihrem alkoholfreien Cocktail, der aus Kokosnusscreme, Orangen- und Ananassaft sowie Sahne gemixt worden war. Aber dann kam sie sofort zur Sache.

„Sie wirkten vorhin sehr besorgt, Fichte. Kea scheint Ihnen am Herzen zu liegen. Ist es möglich, dass Sie mehr in ihr sehen als nur die Tochter Ihrer Geliebten?“

Der Fitnesstrainer grinste und schüttelte den Kopf.

„Warum denn so förmlich? Können Sie nicht endlich damit aufhören, mich bei meinem Nachnamen zu nennen? Ich benutze ihn so selten, dass er mir schon wie ein Fremdkörper vorkommt. Für die allermeisten Leute, mit denen ich zu tun habe, bin ich einfach der Mark. Können wir uns nicht darauf einigen?“

„Keine Chance, Herr Fichte. Auch wenn das hier wie ein Date aussieht -–mir ist eine professionelle Distanz wichtig.“

Monas Gegenüber hob die Augenbrauen.

„Ach, wirklich? Und warum ist das so? Weil Sie sich vor Ihren eigenen Gefühlen fürchten, Frau Kommissarin?“

Mona lachte hart.

„Sind Sie jetzt nicht nur Personaltrainer, sondern auch noch Hobbypsychologe? Ich mache hier nur meinen Job, Herr Fichte. Und als Kriminalbeamtin erkenne ich klar, dass Sie meiner Frage ausweichen, indem Sie mich anbaggern. Also, *Butter bei die Fische*, wie man hier im Norden sagt. Waren Sie scharf auf Kea?“

Der Schönling trank nun ebenfalls, bevor er antwortete.

„Kea ist eine unausstehliche Göre, wenn Sie mich fragen. Ich weiß nicht, ob sie immer schon so verkorkst war, aber Silkes Tochter und ich werden niemals Freunde, so viel steht fest. Als Silke mich zum ersten Mal mit nach Hause brachte, hätte Kea mir am liebsten die Augen ausgekratzt. Sie neigt zu unkontrollierten Temperamentsausbrüchen.“

Mona musste an Grietjes Bericht über die Verhaftung auf der Promenade denken. Kea war zweifellos ein Mensch, der seine Emotionen nicht im Griff hatte. Für Mona stellte sich nur die Frage nach den Gründen für dieses Benehmen. Nach ihrer Berufserfahrung wurden Personen nicht einfach aus Spaß oder Langeweile verhaltensauffällig.

„Also haben Sie niemals versucht, Kea zu verführen?“

„Sie wollen es wohl ganz genau wissen? Nein, das habe ich nicht getan. Silke ist schließlich meine Freundin. Gewiss, sie ist ein paar Jahre älter als ich. Aber was macht das schon aus, wenn man sich gut versteht?“

Mona ging nicht darauf ein.

„Wie und wann sind Sie und Frau Schmieder eigentlich zusammengekommen? War ihr Ehemann da schon verschwunden?“

„Ich leitete in Düsseldorf bei einer Krankenkasse einen Bewegungskursus für Leute, die länger keinen Sport mehr gemacht hatten. Silke war eine Teilnehmerin dieses Kurses, der vor fünf Jahren im August begann. Das war also bevor ihr Ehemann sich absetzte. Silke flirtete von Anfang an mit mir, aber ich fange normalerweise nichts mit Kursteilnehmern an. Das bringt nur Ärger. Dann machte ich Urlaub in den USA, das wissen Sie ja schon. Als ich zurückkehrte, bot ich einen neuen Kurs an. Auch diesmal wollte Silke mitmachen. Aber sie war völlig durcheinander und unkonzentriert. Ich nahm sie nach dem Termin beiseite und fragte sie, ob etwas passiert sei. Da erzählte sie mir vom Verschwinden ihres Mannes. Wir begannen, uns privat zu treffen. Und schon bald funkte es zwischen uns.“

„Die Oberstudienrätin brauchte eine Schulter zum Anlehnen“, spottete Mona. „Wie praktisch, dass Sie genau in dem Moment zur Verfügung standen.“

Fichte kniff die Augen zusammen.

„Sie machen sich gern über Gefühle lustig, oder? Sie nennen mich einen Hobbypsychologen. Aber das muss man gar nicht sein. Ich erkenne eine einsame Frau, wenn ich sie vor mir sehe. Und genau das trifft auf Sie zu. Sie sind eigentlich sehr attraktiv, aber Sie verstecken Ihre Schönheit hinter einer rauen Fassade. Dabei sehnen Sie sich aus tiefstem Herzen nach Zweisamkeit.“

Während der Fitnesscoach sprach, schaute er Mona tief in die Augen und nahm ihre Hand. Sie musste sich eingestehen, dass sich seine Berührung angenehm anfühlte.

Aber nur einen Moment lang. Dann riss sie sich von ihm los und sprang auf.

„Aus tiefstem Herzen, Fichte? Ich habe mich getäuscht. An Ihnen ist kein Hobbypsychologe verlorengegangen, sondern ein Groschenromanschreiber! Wäre das nicht die passende Tätigkeit für Sie? Aber Sie machen lieber Ihre dämlichen Hupfdohlenkurse und vögeln alle Teilnehmerinnen, die nicht bei Drei auf den Bäumen sind."

Mona hatte wieder einen ihrer berüchtigten Temperamentsausbrüche. Die anderen Gäste machten bereits lange Hälse, um das Spektakel verfolgen zu können. Aber das war ihr vollkommen egal. Wenigstens hielt sie sich bei der Lautstärke zurück. Sie richtete ihren Zeigefinger wie eine Waffe auf Fichte und zischte ihn an:

„Sie haben sich ja ein erstklassiges Alibi verschafft, was den Angriff auf Kea angeht. Aber ich verrate Ihnen mal ein polizeiliches Geheimnis: Durch dieses Verhalten haben Sie sich nur noch verdächtiger gemacht. Vielleicht hatten Sie ja einen Komplizen, der die Drecksarbeit für Sie erledigt hat? Wenn das so sein sollte, dann werden wir es herausfinden. Und dann können Sie sich warm anziehen, denn Anstiftung zum versuchten Mord ist kein Kavaliersdelikt!"

Fichte hatte seinen Mund geöffnet.

Aber bevor er etwas erwidern konnte, ließ Mona ihn einfach sitzen und stürmte wutschnaubend hinaus.

Mona trat kräftig in die Pedale, als sie auf ihr Zuhause in der Walfangerstrate zusteuerte. Der kühle, salzige Nachtwind fühlte sich auf ihrem heißen Gesicht angenehm an.

Dieser verflixte Fichte hatte einen wunden Punkt bei ihr berührt. Sie hätte wirklich gern einen Freund gehabt, aber bestimmt nicht so ein aufgeblasenes Windei wie den Fitnesstrainer! Wenn Mona es darauf angelegt hätte, wäre Fichte gewiss auch mit ihr ins Bett gegangen. Seine

Freundin war schließlich auf dem Festland und Kea lag bewusstlos im Krankenhaus.

Kea!

Mona glaubte Fichte kein Wort, was sein Verhältnis zu der jungen Frau anging. Kea mochte aufbrausend sein, aber sie war auch sehr hübsch. Mona schätzte Fichte nicht als einen Mann ein, der seine Finger von einer solchen jungen Schönheit lassen konnte. Ob er sich vielleicht sogar nur mit Silke eingelassen hatte, um besser an ihre Tochter heranzukommen?

Aber inwieweit hatten diese Überlegungen etwas mit Dr. Schmieders Tod zu tun? Und warum war die Leiche mumifiziert worden?

Mona merkte, dass sie keinen klaren Gedanken fassen konnte. Aber sie war immer noch völlig überdreht, als sie ihr Fahrrad in den Schuppen geschoben hatte und ihre Wohnung aufschloss. Sie ließ sich auf ihr Sofa fallen und starrte nachdenklich gegen die hölzerne Zimmerdecke. Enthielten Fichtes Worte einen wahren Kern? War sie wirklich einsam und isoliert? Oder hatte sie sich einfach nur von einem manipulativen Bastard aufs Glatteis führen lassen? Mona entschied sich für die letztere Möglichkeit. Fichte war offenbar ein Mann, dem völlig klar war, welche Knöpfe er bei den Frauen drücken musste. Beinahe wäre ja auch sie selbst auf ihn hereingefallen, obwohl sie sich mit Verhörtaktiken gut auskannte.

Sie führte sich vor Augen, dass sie noch eine halb leere Flasche Wodka im Kühlschrank hatte. Sollte sie sich die Kante geben? Stattdessen griff sie zum Smartphone und tippte auf ihre Lieblingsnummer aus dem Adressbuch.

Ein fremdartiges Freizeichen ertönte.

„*Hello? Who is it?*“

Monas Herz schlug schneller, als sie die Stimme ihrer besten Freundin hörte.

„Ich bin es nur, Kati. Sorry, dass ich so spät anrufe …“

„Spät?“ Kati Rolfs lachte schrill. „Hier in London hat die Ausgehzeit noch lange nicht begonnen.“

„Im friedlichen Borkum werden hingegen schon die Bürgersteige hochgeklappt. Es ist schön, mit dir zu sprechen.“

„Du klingst gefrustet, Mona. Was ist los?“

„Ein attraktiver Typ, der scharf auf mich ist, hat mich heute auf einen Drink eingeladen.“

„Das hört sich doch erst mal gut an. Wo ist das Problem?“

„Er ist ein eitler Selbstdarsteller und außerdem womöglich in einen Mordfall verwickelt.“

Eigentlich hatte Mona gar nicht über ihre aktuelle Ermittlung sprechen wollen. Aber wenn sie mit Kati redete, ging es ihr meist sofort besser. Selbst dann, wenn sie sich nur über das Wetter austauschten.

„Dann schieß den Kerl in den Wind, Mona. Du kannst was Besseres kriegen.“

„Auf einer Insel ist das nicht so einfach. Viele Männer, die interessant wären, kommen als Urlauber und sind nach spätestens zwei Wochen wieder verschwunden.“

„Vielleicht solltest du dich mit einer Endloskette aus Kurzzeitaffären anfreunden.“

„Du bist doof“, sagte Mona, musste aber über den Scherz ihrer Freundin trotzdem lachen. Oder hatte Kati es ernst gemeint? Das konnte man bei ihr nie so genau sagen.

„Was hast du denn heute noch vor, Kati?“

„Nichts Besonderes. Ich liege auf dem Sofa und ziehe mir die neue Staffel von *Orphan Black* auf *Netflix* rein.“

„Du gehst nicht aus?“, fragte Mona ungläubig.

„In einer der teuersten Städte Europas wird auch eine Partymaus wie ich häuslich. Außerdem ist meine Kreditkarte bis zum Anschlag ausgereizt.“

„Ich wollte dir kein Ohr abkauen, Kati. Ich wollte einfach mal mit jemandem sprechen, der mich versteht."

„Du kannst mich jederzeit anrufen, das weißt du. Aber was ist mit diesem väterlichen Freund, den du hast? Otto, oder wie der heißt."

„Du meinst Enno. Ja, eigentlich ist er inzwischen für mich mehr als ein Kollege. Wir verstehen uns gut, aber wir arbeiten zusammen. Ich könnte mir nie vorstellen, etwas mit ihm anzufangen. Außerdem stehe ich nicht auf graue Schläfen. Und was würde seine Frau sagen, wenn ich abends dort anrufe, um mich auszuheulen?"

„Aber du heulst doch gar nicht, Mona."

„Nur weil du mich immer wieder zum Lachen bringst."

Die beiden Frauen plauderten noch eine Weile miteinander und Mona erfuhr die neuesten Entwicklungen aus *Orphan Black*. Da sie die Serie noch nicht gesehen hatte, konnte sie Katis Schilderungen nur bedingt folgen. Aber es tat ihr einfach gut, die Stimme ihrer besten Freundin zu hören. Als sie sich voneinander verabschiedeten, hatten sie eine Stunde lang telefoniert. Mona merkte erst jetzt, wie erschöpft sie war. Sie schaffte es kaum noch ins Bett, wo sie in einen tiefen und traumlosen Schlaf fiel.

Am nächsten Morgen erwachte Mona voller Energie. Da es regnete, tauschte sie an diesem Tag ihre Joggingrunde gegen den Kraftraum der Polizeistation aus. Sie erschien schon eine Stunde vor Dienstbeginn, um in Ruhe Eisen pumpen zu können. Als Enno die Dienststelle betrat, wischte er sich die Regentropfen aus dem Gesicht und hängte seinen klatschnassen gelben Friesennerz an den Kleiderhaken. Er warf einen Blick auf seine Kollegin, die bereits am Schreibtisch saß.

„Moin, Mona. Bist du aus dem Bett gefallen?"

„Nee, obwohl mich gestern jemand ins Bett kriegen wollte.“

Enno hob überrascht seine buschigen Augenbrauen. Mona berichtete ihm im Telegrammstil von den Ereignissen, wobei sie auch Fichtes Annäherungsversuche ihr gegenüber nicht ausließ. Der Oberkommissar schüttelte langsam seinen mächtigen Quadratschädel.

„Das ist ja wirklich unglaublich!“

„Du findest es unglaublich, dass ein Mann mit mir schlafen will? Das sind genau die Komplimente, mit denen man ein Frauenherz erobern kann“, spottete Mona.

„Quatsch, so war das doch gar nicht gemeint. Aber wir sind uns wohl darüber einig, dass Mark Fichte nicht ganz koscher ist.“

„Allerdings.“

„Dann kannst du davon ausgehen, dass er dich bezirzen wollte, um dein Urteilsvermögen als Kriminalistin zu trüben. Wir sollten Fichtes Vergangenheit durchleuchten und uns mit den Kollegen in Düsseldorf kurzschließen.“

„Gute Idee.“

„Aber ich wollte um Gottes willen nicht sagen, dass du unattraktiv bist, Mona. Das Gegenteil ist der Fall. Wenn ich nicht schon verheiratet wäre und zwanzig Jahre weniger auf dem Buckel hätte … also, dann wäre ich hinter dir her wie der Teufel hinter der armen Seele.“

„Mach lieber dreißig Jahre draus, dann ist der Altersunterschied nicht allzu groß“, erwiderte Mona schelmisch grinsend. „Trotzdem vielen Dank für diese Liebeserklärung.“

Ennos Ohren wurden so rot wie die Backbordpositionslaternen eines Schiffs.

„Also, eine Liebeserklärung war das nicht direkt ...“

Aber bevor der Oberkommissar noch verlegener werden konnte, meldete Grietje die Ankunft von Lottmann. Mona schaute überrascht auf die Uhr. Sie hatte eigentlich nicht wirklich damit gerechnet, dass der journalistische Trunkenbold pünktlich zur Befragung auf der Dienststelle erscheinen würde. Sollte an diesem Tag eine Glückssträhne für sie beginnen? Mona hätte nichts dagegen gehabt.

Sie bat Grietje, den Verdächtigen in den Verhörraum zu geleiten. Nachdem Mona und Enno sich noch mit Tee versorgt hatten, betraten sie ebenfalls das schmucklose Zimmer. Es enthielt nur einen Tisch mit Resopalplatte sowie ein paar Stühle. Neonröhren an der Decke verbreiteten kaltes Licht.

Lottmanns Gesicht war an diesem Morgen bleich, aber er wirkte gefasst. Seine Gesichtszüge zeugten von jahrelangem Schnapskonsum, und gewiss hatte er auch noch einen Restalkoholgehalt im Blut. Das sagte Mona ihre Berufserfahrung. Aber Lottmann hatte immerhin die Disziplin aufgebracht, zu duschen und pünktlich zu erscheinen. Das war für einen Mann wie ihn schon eine gewaltige Leistung. Sie boten ihm einen Tee an, den er aber ablehnte. Offenbar hatte er sich immer noch nicht mit dem ostfriesischen Nationalgetränk angefreundet.

Mona belehrte ihn formell über seine Rechte.

„Wir weisen Sie darauf hin, dass wir Sie als Verdächtigen in einer Straftat vernehmen“, sagte sie zum Schluss. „Möchten Sie einen Anwalt hinzuziehen?“

„Ich brauche keinen Rechtsverdreher, ich habe nichts gemacht, Frau Kommissarin.“

„Na schön.“ Mona nahm einen Schluck Tee, bevor sie weiterredete. „Es wird Sie interessieren, dass wir die mumifizierte Leiche inzwischen identifizieren konnten.“

„Weshalb sollte mich das kratzen?“

„Vielleicht aus journalistischem Interesse?“, mutmaßte Mona. „Sie haben doch bei Ihrem letzten Besuch auf der

Polizeistation behauptet, aus Neugier den Leichenfundort am Greune-Stee-Weg beobachtet zu haben.“

„Kann schon sein. Na und?“

„Bei dem Toten handelt es sich um Dr. Kurt Schmieder“, warf Enno ein. „Der Name sagt Ihnen gewiss etwas.“

Lottmann konnte ein nervöses Blinzeln nicht unterdrücken. Aber er schüttelte den Kopf.

„Eigentlich nicht.“

„Ich dachte immer, alle Journalisten wären erstklassige Lügner“, höhnte Mona. „Aber Sie sollten uns nicht für dumm verkaufen, Lottmann. Glauben Sie, wir wissen nicht, dass Dr. Schmieder Ihre Karriere ruiniert hat?“

Schlagartig änderte sich der Gesichtsausdruck des Verdächtigen. Während Lottmann zunächst steif und emotionslos gewirkt hatte, stellte er nun eine hassverzerrte Visage zur Schau.

„Ja, ich kenne Schmieder. Und ich finde es gut, dass er tot ist! Heute ist der schönste Tag in meinem Leben!“

Mona lehnte sich in ihrem Stuhl zurück und verschränkte die Arme vor der Brust.

„Ach, ist das so? Haben Sie Dr. Schmieder denn umgebracht?“

„Nein, ich war es nicht. Aber ich würde seinem Mörder gern auf die Schulter klopfen, bevor Sie ihn festnehmen.“

„Immerhin scheinen Sie uns ja zuzutrauen, den wahren Schuldigen zu finden“, meinte Enno trocken.

„Das hoffe ich doch, Herr Oberkommissar. Denn falls das nicht geschieht, wird die Sache wohl an mir hängen bleiben. Ich weiß, dass ich einen erstklassigen Sündenbock abgebe.“

„Ihr Selbstmitleid in allen Ehren, aber wir brauchen Fakten“, zischte Mona. „Sie müssen mithelfen, indem Sie uns alles über das Opfer erzählen, was Sie wissen.“

Lottmann lachte, als ob Mona etwas Komisches gesagt hätte.

„Ich hoffe, Sie haben etwas Zeit mitgebracht, Frau Kommissarin.“

„Oh, seien Sie ganz unbesorgt. Wir werden dafür bezahlt, Ihnen zuzuhören.“

„Ja, wenn das so ist … Jetzt hätte ich aber doch gern einen Tee.“

Enno goss ihm ein und Lottmann leerte die Tasse gierig in einem Zug. Offenbar war er so durstig, dass er sogar seine Abneigung gegen Tee zeitweilig verdrängen konnte. Dann begann er zu berichten.

„Als ich Dr. Schmieder zum ersten Mal traf, hatte ich gerade das Ferienhaus hier auf Borkum gekauft. Wir kannten uns flüchtig, so wie man eben Nachbarn kennt, mit denen man nicht viel zu schaffen hat. Britta und ich wollten uns hier sowieso nur erholen und keine neuen Freundschaften schließen.“

„Wer ist Britta?“, warf Mona ein. Ein Schatten huschte über Lottmanns Gesicht.

„Meine Exfrau. Wir sind inzwischen geschieden. Jedenfalls stieß ich irgendwann bei einer Recherche wieder auf den Namen Dr. Schmieder. Es ging um Korruption in den oberen Etagen der Landesregierung. Eine ganz heiße Sache. Als ich ein Foto von ihm sah, wurde aus der Vermutung Gewissheit. Der bestechliche Beamte aus Düsseldorf war mein Nachbar auf Borkum.“

„Diese Bestechlichkeit konnten Sie Dr. Schmieder aber niemals beweisen“, stellte Enno fest.

„Richtig, weil dieses Schwein mit allen Wassern gewaschen war. Normalerweise hätte er mich ja wegen Verleumdung anzeigen können. Aber das hat er bewusst nicht getan. Die Sache sollte nicht vor Gericht verhandelt werden, damit am Ende nicht doch die Wahrheit ans Licht käme. Stattdessen entschied Dr. Schmieder sich dafür, meine Existenz zu vernichten.“

„Wie tat er das?“, wollte Mona wissen.
„Oh, mein mächtiger Feind war sehr einfallsreich. Dr. Schmieder unterminierte zunächst meine eigene Glaubwürdigkeit. Er unterstützte heimlich einen Konkurrenten, der auf meinen Job scharf war. Es kam zu einer Intrige bei der Zeitung, an deren Ende mein Rauswurf stand. Und er fand auch Mittel und Wege, meine Ehe zu ruinieren. Dr. Schmieder bezahlte einen Callboy, oder Gigolo oder wie immer Sie diese Dreckskerle auch nennen wollen. Dieser Mann verführte meine Frau. Und zwar passenderweise zu einer Zeit, wo ich sie in flagranti erwischen musste.“
Mona kam ein Verdacht.
„Wie hieß dieser Mann? Wie sah er aus?“
Lottmann schüttelte den Kopf. Sein Gesicht war totenbleich geworden.
„Das kann ich Ihnen nicht sagen. Ich habe ihn nur von hinten gesehen, seinen nackten Rücken. Ich rannte aus der Wohnung und betrank mich sinnlos. In jener Nacht wurde der Alkohol erstmals zu meinem besten Freund.“
„Wie ging es dann weiter?“
Es dauerte einige Minuten bis Lottmann Monas Frage beantwortete. Er schien ganz in seine Erinnerungen versunken zu sein.
„Dr. Schmieder wurde von jedem Verdacht reingewaschen. Und ich rutschte auf der sozialen Leiter im Eiltempo nach unten. Ich landete schließlich in Duisburg, wo ich in einem miesen Loch hause und für lächerliche Zeilenhonorare über Unwichtigkeiten schreibe. Meine Eigentumswohnung und mein Ferienhaus sind schon lange futsch.“
Mona machte sich eine Notiz.
„Wissen Sie, was ich nicht verstehe? Warum tun Sie es sich an, weiterhin in Ihrem ehemals eigenen Ferienhaus zur

Miete zu wohnen? Wenn Sie knapp bei Kasse sind, wird es Ihnen nicht leicht fallen, auf Borkum Urlaub zu machen."

„Das können Sie laut sagen. Ich muss mir die eine Woche Ferien buchstäblich vom Mund absparen."

„Okay, aber warum machen Sie das? Sind Sie irgendwie masochistisch veranlagt? Oder schwelgen Sie in Erinnerungen an bessere Zeiten?"

„Weder das eine noch das andere trifft zu." Lottmann beugte sich vor und senkte verschwörerisch seine Stimme. „Ich war fest überzeugt davon, dass Dr. Schmieder eines Tages wieder auftauchen würde. Sein spurloses Verschwinden hatte er meiner Meinung nach selbst inszeniert."

Enno zog seine buschigen Augenbrauen zusammen.

„Aber weshalb hätte er das tun sollen?"

„Wegen der unterschlagenen Millionen, Herr Oberkommissar! Ich glaube fest daran, dass ich damals die Wahrheit herausgefunden habe. Aber Dr. Schmieder war noch cleverer, als ich vermutete. Er wird sich gedacht haben, dass eines Tages ein anderer Reporter kommen würde, der nicht so leicht zu zerbrechen war wie ich. Also machte er sich unsichtbar, um nach einer gewissen Zeit irgendwo in einem Steuerparadies ein neues Leben zu beginnen."

„Und Sie hofften, dass Dr. Schmieder auf Borkum Kontakt zu seiner Familie aufnehmen würde?", vergewisserte sich Mona.

„Ja, genau. Am liebsten hätte ich Silke und Kea Tag und Nacht überwacht. Aber das konnte ich mir finanziell nicht leisten. Mehr als eine Woche auf der Insel war bei mir einfach nicht drin."

Mona war skeptisch.

„Dr. Schmieder soll doch eine Geliebte gehabt haben …"

Lottmann nickte.

„Ja, ihr Name ist Maxi Rapp. Ich dachte auch, er würde mit ihr durchbrennen. Die Polizei Düsseldorf nahm das ebenfalls an. Tatsache ist aber, dass die Geliebte dieses Fieslings immer noch allein in Düsseldorf lebt. Dr. Schmieder hat sie sitzen gelassen."

„Und Sie vermuteten, dass er zu seiner Frau zurückwollte? Obwohl sie inzwischen einen Liebhaber hat?"

„Wenn Dr. Schmieder zurückgekehrt wäre, hätte er diesen Mark Fichte beseitigen lassen", behauptete Lottmann. „Der Mann geht über Leichen. Vor allem, wenn es um seine Frau und seine Tochter geht."

„Was sagt eigentlich Silke Schmieder dazu, dass Sie in unmittelbarer Nähe ihres Ferienhauses leben?"

Lottmann warf Enno einen verständnislosen Blick zu, nachdem der Oberkommissar diese Frage gestellt hatte.

„Wie meinen Sie das? Silke grüßt mich sogar auf der Straße. Sie weiß vermutlich gar nicht, dass ihr verdammter Ehemann mich fertiggemacht hat."

„Und das sollen wir glauben?", fragte Mona.

„Warum nicht? Dr. Schmieder hat immer strikt zwischen seinem Dienst und seinem Privatleben getrennt. Das hängt natürlich auch mit seinen Machenschaften zusammen. Er wollte keine Mitwisser. Vermutlich hat Silke Schmieder gar nichts von seinen krummen Geschäften und seinen illegalen Einnahmequellen gewusst."

„Halten Sie es für möglich, dass jemand aus dem organisierten Verbrechen Dr. Schmieder getötet hat?"

„Eine gute Frage. Ich habe mir darüber auch schon oft den Kopf zerbrochen, glauben Sie mir."

„Wenn Sie damals recherchiert haben, dann müssen Ihnen doch auch Dr. Schmieders Kontakte bekannt gewesen sein."

„Ja, aber das ist fünf Jahre her. Seitdem ist viel geschehen. Wenn ich mich richtig erinnere, dann gab es eine

Verbindung zwischen Dr. Schmieder und einer zwielichtigen Gestalt namens Zappek aus dem Kölner Milieu."

Mona schrieb sich den Namen auf.

„Ist das ein Spitzname, oder heißt der Kerl wirklich so?"

„Ich weiß es nicht. Ich habe Zappek nur einmal von weitem gesehen. Mit dem Typ ist nicht gut Kirschen essen, glauben Sie mir. Vergessen Sie nicht, das SEK anzufordern, falls Sie es mit ihm zu tun bekommen. Zappek ist gemeingefährlich."

„Wir können also feststellen, dass Sie Silke und Kea Schmieder in der Hoffnung belauerten, dass der untergetauchte Ehemann und Vater eines Tages wieder erscheint? Das wird ja nun nicht mehr geschehen. Aber was hätten Sie denn getan, wenn diese Situation eingetreten wäre?"

Lottmann hob die Schultern.

„Wahrscheinlich hätte ich versucht, Dr. Schmieder zu töten. Ich habe ja eigentlich nichts mehr zu verlieren."

„Und was ist mit seiner Tochter?", fragte Mona.

„Was soll mit ihr sein?"

„Ich meine, ob Sie Kea auch töten wollten, Lottmann."

„Nein, aus welchem Grund? Dr. Schmieder wird sie von seinen schmutzigen Geheimnissen ebenso ferngehalten haben, wie er es mit seiner Frau getan hat."

„Aber Sie hätten Kea umbringen können, um ihrem Vater Qualen zuzufügen."

Lottmann schüttelte den Kopf.

„Ich mag ein versoffener Loser sein, aber ich bin kein Psycho. Nur Dr. Schmieder selbst ist dafür verantwortlich, dass ich jetzt in der Tinte sitze."

„An dem können Sie sich jetzt aber nicht mehr rächen."

Darauf erwiderte Lottmann nichts mehr. Mona und Enno beendeten das Verhör einstweilen. Lottmann würde später das Protokoll noch unterschreiben müssen, wenn es abgetippt und ausgedruckt war. Grietje brachte ihn zur erkennungsdienstlichen Behandlung, wo er unter anderem fotografiert wurde. Außerdem registrierten die Kollegen seine Fingerabdrücke.

„Was hältst du von dem rachedurstigen Schluckspecht?“, fragte Enno, als sie später wieder an ihren Schreibtischen saßen.

„Ich kann kaum glauben, dass Silke und mein spezieller Freund Fichte Lottmann nicht kennen. Aber diesen Teil der Story können wir checken, indem wir die beiden später einfach selbst fragen. Wer mich viel mehr interessiert, ist dieser Zappek. Die Tötungsart bei Dr. Schmieder ist ja ziemlich außergewöhnlich für einen Mord. Aber vielleicht gab es ja Gründe für genau diese Methode.“

Mona machte sich an ihrem Computer auf die Suche nach dem Verdächtigen namens Zappek. Es dauerte nicht lange, bis sie ein Ergebnis vorweisen konnte.

„Das hier könnte der Verdächtige sein, von dem Lottmann geredet hat: Grigori Zappek, vorbestraft wegen Körperverletzung, Menschenhandels und Verstoßes gegen das Geldwäschegesetz. Meldeadresse in Köln.“

Enno nickte anerkennend.

„Drei klassische Delikte des organisierten Verbrechens.“

„Genauso klassisch ist allerdings Zappeks Ende“, stöhnte Mona. „Wir können ihn nicht mehr befragen, weil er vor drei Jahren während der Verbüßung einer Haftstrafe in der Justizvollzugsanstalt Köln-Ossendorf von einem Mithäftling erstochen wurde.“

„Trotzdem kann Zappek vor fünf Jahren Dr. Schmieder getötet haben.“

„Sicher, Enno. Allerdings hatte Zappek eine Visage, mit der man kleine Kinder erschrecken könnte. Das erkennungsdienstliche Foto ist zum Gruseln. Laut seiner Akte war er 1,95 m groß und bis zum Hals tätowiert.“

„Worauf willst du hinaus, Mona?“

„Ganz einfach. So eine Type wie Zappek würde auf einer idyllischen Nordseeinsel wie Borkum garantiert Aufsehen erregen. Zeugen könnten sich gewiss an ihn erinnern."

„Zappek muss aber die Leiche nicht selbst hier abgelegt haben."

„Nein, aber Gangster tun nichts ohne Grund. Warum sollten Zappek beziehungsweise seine Leute die sterblichen Überreste von Dr. Schmieder nach Borkum schaffen und sie mumifizieren lassen? Und von wem und aus welchem Grund wurde sie dann fünf Jahre später in Sichtweite des Ferienhauses verscharrt, wenn Zappek seit drei Jahren tot ist?"

„Das werden wir erfahren, sobald wir wissen, warum Dr. Schmieder überhaupt sterben musste."

„Du bist so intelligent, dass es manchmal kaum zum Aushalten ist", erwiderte Mona mit einem süßsauren Lächeln. "Können wir uns also darauf einigen, dass wir Zappek als möglichen Mörder zunächst ausklammern?"

„Klar, Mona. Und wer ist dein Hauptverdächtiger?"

„Lottmann."

„Das sehe ich genauso. Allerdings frage ich mich, warum er sein ehemaliges Ferienhaus mietet und die Witwe seines Opfers belauert."

„Man muss sich immer vor Augen führen, dass Lottmann Alkoholiker ist", sagte Mona. „Seine Handlungen sind nicht immer nachvollziehbar. Vor allem dann nicht, wenn er gerade sternhagelvoll ist."

„Dann müssen wir ihm den Mord nur noch nachweisen. Und das dürfte ohne Geständnis schwer werden."

Mona machte eine unbestimmte Handbewegung.

„Wir könnten einen Durchsuchungsbeschluss für Lottmanns Ferienhaus erwirken. Er muss die Leiche ja irgendwo zwischengelagert haben, bevor er sie im Sand verscharrt hat. Wenn sich DNA-Spuren nachweisen lassen, dann …“

Mona beendete den Satz nicht, denn ihr Telefon klingelte. Sie meldete sich mit Namen und Dienstgrad. Das, was sie nun zu hören bekam, beschleunigte ihren Pulsschlag gewaltig. Sie bedankte sich und beendete das Gespräch.

„Enno, das war die Klinik. Kea ist bei Bewusstsein und will mit uns sprechen!“

Kapitel 7

Mona und Enno eilten sofort zum Krankenhaus hinüber, das sich in fußläufiger Entfernung von der Revierwache befand.

„Wir sollten auch Mark Fichte als Verdächtigen nicht vernachlässigen, Enno. Sein Amerika-Alibi ist wacklig. Oder bist du anderer Meinung?"

„Nein, Mona. Auch Fichte ist ein vielversprechender Kandidat. Lass uns aber erst mal hören, was Kea zu sagen hat."

Die beiden Kriminalbeamten wurden zunächst vom diensthabenden Arzt empfangen.

„Die Verletzungen der Patientin sind nicht so ernst wie zunächst befürchtet. Ich muss Sie trotzdem bitten, Ihren Besuch auf wenige Minuten zu beschränken. Die junge Frau hat darauf bestanden, mit Ihnen zu reden. Es erscheint mir für ihre psychische Ausgeglichenheit wichtig, dass sie loswerden kann, was sie auf dem Herzen hat."

Mona und Enno versprachen hoch und heilig, die Patientin zu schonen. Eine Krankenschwester führte die Ermittler zu einem Zimmer. Dort lag Kea Schmieder in einem Bett. Sie hatte dunkle Ränder unter den Augen, ihr Kopf war dick bandagiert. Sie richtete ihren Blick auf die beiden Besucher.

Mona setzte sich neben das Bett und nahm Keas Hand.

„Hallo Frau Schmieder, wie geht es Ihnen?"

Kea sprach leise und brüchig, war aber trotzdem gut zu verstehen.

„Mein Kopf brummt und ich fühle mich so schwach. Aber ich muss unbedingt mit Ihnen sprechen."

„Was ist geschehen, als Sie auf mich gewartet haben?"

„Ich … hatte eine Tour zum Ostland und zurück gemacht und war beim Wasserturm angelangt. Mein Rad hatte ich abgestellt, und dann …"

Mona vergegenwärtigte sich noch einmal die Situation, als sie die Verletzte gefunden hatte. Keas Fahrrad war verschwunden! Wie hatte sie das übersehen können? Mona war doch bewusst gewesen, dass sich die junge Frau hauptsächlich per Rad über die Insel bewegte, genau wie Mona selbst. Es gab nur eine Erklärung: Der Gewalttäter, der Kea niedergeschlagen hatte, musste auch ihr Rad mitgenommen haben!

Kea hatte kurz nach Atem gerungen und eine Pause gemacht. Jetzt fuhr sie fort: „Ich hörte, wie jemand von hinten an mich herankam. Ich dachte, Sie wären es. Dann drehte ich mich halb um und bekam einen fürchterlichen Schlag auf den Schädel. Ich dachte, mein Kopf würde platzen."

„Haben Sie gesehen, wer Sie angegriffen hat?"

„Ja, Frau Kommissarin. Darum wollte ich Sie ja unbedingt sprechen. Ich glaube, es war dieser fiese Säufer aus der Nachbarschaft. Der Kerl mit dem Vollbart, der ständig dicht ist."

Mona hatte vorsichtshalber das vor kurzem entstandene erkennungsdienstliche Foto von Lottmann mitgenommen. Sie zeigte es Kea.

„Hat dieser Mann Sie angegriffen?"

Kea riss ihre Augen auf und verzog ihre rissigen Lippen, bevor sie antwortete.

„Ja, das Dreckschwein war es. Ich bin hundertprozentig sicher."

Mona und Enno hatten einstweilen genug gehört. Sie wünschten der Patientin gute Besserung und verabschiedeten sich. Als sie das Krankenhaus verlassen wollten, kam ihnen Silke Schmieder entgegengeeilt. Sie musste mit der Morgenfähre nach Borkum zurückgekehrt sein.

„Ihr Freund hat Sie offenbar endlich erreicht. Wir haben es schon gestern vergeblich versucht."

„Es tut mir leid, Frau Kommissarin. Aber ich konnte ja nicht ahnen, dass meine Tochter … Wie geht es Kea?"

„Sie ist bei Bewusstsein, braucht aber noch viel Ruhe. Sprechen Sie am besten mit dem Arzt."

Die Oberstudienrätin nickte nur und eilte an den beiden Kriminalisten vorbei in die Klinik. Nach Monas Meinung hatte es keinen Sinn, sie jetzt anzusprechen. Silke Schmieder konnte sich in diesem Moment gewiss nur auf ihre Tochter konzentrieren.

Enno schaute Mona an. „Holen wir uns Lottmann?"

„Aber ganz gewiss! Unter diesen Umständen brauchen wir keinen Haftbefehl. Und auch keinen Durchsuchungsbeschluss für seine Bude."

Sie fuhren mit dem Auto zum Greune-Stee-Weg. Der Regen hatte längst aufgehört und überall wimmelte es von unbeschwerten Urlaubern. Borkum stemmte jedes Jahr während der Hauptsaison ein Vielfaches der eigentlichen Einwohnerzahl. Mona parkte gegenüber dem Ferienhaus. Sie traten auf das kleine Backsteingebäude zu. Enno hämmerte mit seiner mächtigen Faust gegen die Tür.

„Lottmann? Hier ist die Polizei, machen Sie sofort auf!"

Genau wie Mona hatte der Oberkommissar bereits seine Pistole gezogen. Der Verdächtige hatte schon zum zweiten Mal innerhalb kurzer Zeit bewiesen, wie gefährlich er sein konnte. Es war noch nicht lange her, seit Lottmann die Polizeistation verlassen hatte. Doch seine Stimme bewies, dass er mittlerweile nicht mehr nüchtern war.

„Was ist denn jetzt schon wieder los, zum Henker?"

„Öffnen Sie, dann erfahren Sie es."

Einen Moment lang herrschte Stille. Mona überlegte, ob sie ein Fenster einschlagen sollte. Aber dann wurde ein

Riegel zurückgeschoben und Lottmann öffnete die Tür. Enno drückte sie sofort ganz auf.

„He, was soll das?“, meckerte der angetrunkene Hausherr, als er die Pistole in Ennos Hand bemerkte.

„Wir verhaften Sie wegen versuchten Totschlags an Kea Schmieder“, sagte der Oberkommissar förmlich.

„Was soll ich gemacht haben? Das war ich nicht“, brachte der abgehalfterte Journalist mit schwerer Zunge hervor.

„Das können Sie uns alles auf der Wache erklären. Machen Sie jetzt keine Schwierigkeiten“, sagte Enno.

„Na schön, aber ich will wenigstens meinen Pullover überziehen.“

Lottmann griff nach dem Kleidungsstück, das inmitten von anderem Krimskrams auf einem Tisch lag. Da bemerkte Mona, dass der Verdächtige plötzlich nicht nur den Pullover in der Hand hielt.

„Der hat ein Messer, Enno!“

Bevor ihr Kollege reagieren konnte, war Mona bereits selbst aktiv geworden. Sie stand näher bei Lottmann und drosch mit voller Wucht den Griff ihrer Pistole auf sein Handgelenk. Er jaulte auf und ließ das Messer fallen. Im nächsten Moment riss Mona Lottmanns Arme hinter seinen Rücken und legte ihm Handschellen an.

„Aua, Sie tun mir weh!“, jammerte er.

„Indianerherz kennt keinen Schmerz“, gab Mona ungerührt zurück. „Enno, rufst du die Kollegen? Sie sollen den Verdächtigen zur Wache schaffen, dann können wir uns hier noch in Ruhe umsehen.“

Wenig später erschien ein Streifenwagen. Grietje Smit und Hinderk Ekhoff übernahmen den Gefangenen, der inzwischen jeden Widerstand aufgegeben hatte und nur noch leise vor sich hin fluchte. Die Uniformierten verschwanden mit dem Verhafteten. Die beiden Kommissare streiften sich Latexhandschuhe über und durchsuchten das Haus. Mona pfiff durch die Zähne. Sie zog einige Fotos hervor, die in einem Stapel alter Zeitschriften versteckt gewesen waren.

„Schau mal, Enno! Entweder ist Lottmann schwul geworden oder er hatte einen anderen Grund, Mark Fichte heimlich zu fotografieren."

Die Aufnahmen zeigten den Fitnesstrainer, der sich unbekleidet auf einem Badetuch sonnte. Eine andere Person, wahrscheinlich Silke Schmieder, musste neben ihm gelegen haben, aber von ihr war nur der linke Arm zu sehen. Lottmanns Interesse hatte eindeutig Fichte gegolten.

„Gut gebaut ist er ja", bemerkte Enno trocken.

„Ja, da ist mir doch wirklich was entgangen", spottete Mona. „Aber ernsthaft, weshalb fotografiert Lottmann diesen Gigolo?"

„Keine Ahnung. Hast du eine Theorie, Mona?"

„Ich vermute, dass Fichte auch der gekaufte Liebhaber ist, der in Dr. Schmieders Auftrag Lottmanns Ehe zerstört hat. Mit anderen Worten: Fichte war ein Komplize von Lottmanns Erzfeind. Also könnte der Fitnesstrainer als Nächster auf Lottmanns Mordliste stehen."

„Okay, das ist plausibel, vorausgesetzt, Fichte hat sich damals wirklich an Lottmanns Frau herangemacht."

„Notfalls müssen wir sie eben fragen", meinte Mona. „Britta Lottmann ist zwar geschieden, wird sich aber nicht in Luft aufgelöst haben."

„Das machst dann aber du, mir sind solche Anrufe immer peinlich."

„Ja, mir wird die Zeugin nicht so leicht Telefonsexabsichten unterstellen, wenn ich sie über ihr Liebesleben ausfrage", meinte Mona grinsend. Enno nickte nur zerstreut.

„Ich schaue mich mal im Schuppen um."

Mit diesen Worten verließ er das Ferienhaus durch die schmale Tür, die Richtung Garten führte.

Mona dachte über das Verhältnis zwischen Lottmann und dem mutmaßlichen Liebhaber seiner Frau nach. Warum hatte Lottmann Fichte nicht schon längst getötet? Der Fitnesstrainer war größer und stärker als der Journalist, aber Lottmann hätte ihn auch im Schlaf umbringen können. Oder verfolgte er ein Ziel, das Mona immer noch nicht erkannt hatte?

Ein Ruf ihres Kollegen riss sie aus ihren Überlegungen.

„Mona, komm schnell!“

Sie rannte hinaus zu dem grün gestrichenen Holzschuppen. Enno hatte die Tür des fensterlosen Verschlags weit geöffnet. In dem Schuppen stand ein teures Damenrad.

„Das Rad ist bei uns registriert. Es wird sich leicht nachweisen lassen, dass es Kea gehört. Aber noch interessanter finde ich das hier.“

Mit diesen Worten hob Enno mit seiner behandschuhten Rechten einen blutigen Axtstiel hoch.

„Wetten, dass Kea damit niedergeschlagen wurde?“

Kapitel 8

Lottmann verweigerte zunächst jede Aussage. Aber er war momentan sowieso zu alkoholisiert, um ihn erneut vernehmen zu können. Während der Verdächtige seinen Rausch ausschlief, blieben Mona und Enno nicht untätig.

Während der Oberkommissar das Fahrrad identifizierte und eine kriminaltechnische Untersuchung des Axtstiels veranlasste, griff Mona zum Telefonhörer. Es kostete sie nicht viel Detektivarbeit, die Telefonnummer von Lottmanns Exfrau herauszufinden. Der Hörer wurde schon nach dem dritten Klingeln abgenommen.

„Koch."

„Hier spricht Kommissarin Mona Sander von der Polizei Borkum, Frau Koch."

„Borkum …" Die Stimme von Britta Koch bekam einen träumerischen Unterton. „Mit dieser Insel verbinde ich viele schöne Erinnerungen. Aber was will die Polizei Borkum von mir, Frau Sander?"

„Es geht um einen Mann, den Sie während Ihrer Ehe mit Ulrich Lottmann gekannt haben."

„Ich verstehe nicht ganz …"

Mona musste deutlicher werden.

„Ich meine Ihren Liebhaber, den Mann, mit dem Sie angeblich in einer eindeutigen Situation erwischt wurden."

Einen Moment lang herrschte Totenstille, Mona hörte nur das Atmen der anderen Frau. Sie befürchtete schon, Britta Koch würde einfach auflegen. Aber dann sprach sie doch wieder mit Mona.

„Ich weiß nicht, warum die Polizei in meinem Privatleben herumschnüffeln muss."

„Das haben wir gar nicht vor, Frau Koch. Aber dieser Mann wird im Zusammenhang mit einer Mordermittlung gesucht. Und wer uns Informationen vorenthält, macht sich möglicherweise ebenfalls strafbar."

Das stimmte zwar nicht so ganz, aber Mona hatte keine Lust auf ein Katz-und-Maus-Spiel mit dieser Frau. Wenn sie Britta Koch etwas Angst einjagte, würde sie hoffentlich schnell an die gewünschten Informationen kommen.

„Was wollen Sie denn wissen, Frau Sander?"

„Wie heißt der Mann, mit dem Sie sich eingelassen haben?"

„Sein Name ist Mark. Ich will nicht, dass Sie mich für ein Flittchen halten. Ich hatte meinen Mann zuvor noch niemals betrogen, das müssen Sie mir glauben. Aber Mark war so charmant, und bei ihm konnte ich mich wieder richtig als Frau fühlen. Ulli - also mein Ehemann - lebte nur für seinen Job. Er war Tag und Nacht unterwegs, wenn er an einer heißen Story dran war. Aber Mark widmete sich mir, bei ihm blühte ich auf."

„Wie heißt Ihr Mark denn mit Nachnamen?"

„Das weiß ich gar nicht, ehrlich gesagt. Er sprach mich eines Tages auf der Straße an. Es war eine Situation, wie man sie sonst nur aus Romantikkomödien kennt. Allerdings gab es bei uns kein Happy End. Mark verschwand irgendwann genauso spontan, wie er aufgetaucht war. Und ich habe seitdem nie wieder etwas von ihm gehört."

Mona musste Gewissheit haben. Sie hatte inzwischen die Aktfotos von Mark Fichte mit ihrem Smartphone abfotografiert und beschloss, Britta Koch eins davon zu senden.

„Haben Sie ein Smartphone, Frau Koch? Dann schicke ich Ihnen gleich ein Bild und Sie sagen mir einfach, ob es sich bei der Person um Ihren Ex-Liebhaber handelt. Das ist alles, was ich momentan von Ihnen will. In Ordnung?"

„Ja, Frau Sander", erwiderte die geschiedene Ehefrau schüchtern.

Nachdem sie die Handynummer bekommen hatte, jagte Mona das Bild los. Sie wartete einige Minuten, bevor sie die Zeugin erneut anrief.

„Das ist Mark!“, rief Britta Koch aufgeregt. „Was ist mit ihm? Steckt er in Schwierigkeiten? Wird er angeklagt?“

„Darüber darf ich Ihnen keine Auskunft erteilen.“

„Könnten Sie ihm dann etwas von mir ausrichten? Bitte!“

„Was denn, Frau Koch?“

„Sagen Sie ihm einfach nur, dass er sich wieder bei mir melden soll. Ich bin ihm auch nicht böse.“

„Ich will sehen, was sich einrichten lässt“, erwiderte Mona ausweichend. Sie empfand eine Mischung aus Wut und Mitleid. Wut auf Fichte, weil er mit den Gefühlen von Frauen so eiskalt spielte. Und Mitleid mit Britta Koch, weil sie trotz ihrer negativen Erfahrungen immer noch an diesem Mistkerl hing. Oder war diese Frau einfach nur dämlich?

Nein, entschied Mona. Sie führte sich vor Augen, dass sie selbst beinahe auf Mark hereingefallen wäre. Aber sie konnte besser ihren eigenen Willen durchsetzen als die meisten anderen Menschen, ob es nun Männer oder Frauen waren.

Mona beendete das Telefonat und holte sich noch einen Tee.

Mark hatte also wirklich als Dr. Schmieders Werkzeug Lottmanns damalige Ehefrau verführt. Ob der Gigolo zu diesem Zeitpunkt schon vorgehabt hatte, Silke Schmieder ebenfalls zu beglücken? Hatte er seinen Auftraggeber beseitigt?

Enno hatte ebenfalls weitergearbeitet, während Mona mit Britta Koch gesprochen hatte. Sie hatte nur mit halbem Ohr mitbekommen, dass der Oberkommissar beim Polizeipräsidium Düsseldorf angerufen hatte.

„Gibt es bei dir etwas Neues, Enno?“

„Maxi Rapp hätte jedenfalls auch ein Motiv gehabt, Schmieder ans Leben zu wollen. Verschmähte Liebe soll ja schon so manche Frau zum Äußersten getrieben haben."

„Maxi Rapp?", wiederholte Mona zerstreut. „Wer war das noch mal schnell?"

„Dr. Schmieders angebliche Geliebte. Sie hat damals im Verhör durch die Düsseldorfer Kollegen eingeräumt, eine kurze Affäre mit dem älteren Mann gehabt zu haben. Aber es war nichts Ernstes, jedenfalls aus ihrer Sicht. Ob sie die Wahrheit gesagt hat, ist eine andere Frage. Falls Dr. Schmieder freiwillig abgetaucht ist, dann brannte er jedenfalls nicht mit Maxi Rapp durch. Sie ist übrigens strafrechtlich kein unbeschriebenes Blatt. Sie ist wegen Scheckkartenbetrugs vorbestraft, aber sie hat sich seit Jahren nichts mehr zuschulden kommen lassen."

„Oder sie wurde nicht erwischt", entgegnete Mona trocken. „Wir sollten jedenfalls checken, ob sie zur Tatzeit auf Borkum gewesen ist. Dann wird sich schnell zeigen, was von dem Verdacht gegen diese Frau zu halten ist."

Dann berichtete sie ihrem Kollegen, was sie über Mark Fichte herausgefunden hatte. Enno legte die Stirn in Falten.

„Für mich hört sich das so an, als ob wir plötzlich zwei Mordverdächtige hätten."

„Besser zwei als keinen", witzelte Mona. „Wir sollten uns den Loverboy im Verhör zur Brust nehmen."

Sie griff zum Smartphone und rief Mark Fichte an, aber sein Gerät war ausgeschaltet. Daraufhin fuhren Mona und Enno zum Greune-Stee-Weg, doch das Ferienhaus der Schmieders war verwaist.

„Wundert dich das?", fragte Mona ihren Kollegen. „Silke Schmieder wird bei ihrer Tochter im Krankenhaus sein. Und wo wir den Schönling finden, kann ich mir ebenfalls denken."

„Am Strand?"

„Richtig, wo sonst?“

Da Silke Schmieder ihren Strandkorb längerfristig gemietet hatte, suchten sie dort zuerst nach dem Verdächtigen. Es war auf dem breiten Sandstreifen unterhalb der Promenade sehr voll, was angesichts des schönen Sommerwetters kein Wunder war. Die ostfriesischen Inseln zeigten sich von ihrer Schokoladenseite. Mona mochte Borkum allerdings auch im Winter, wenn die Stürme um die Häuser bliesen und das Meer grau und feindselig war. Doch für Wetterbetrachtungen blieb jetzt keine Zeit, denn von Fichte fehlte auch im Strandkorb jede Spur.

„Sollen wir ihn zur Fahndung ausschreiben?“, fragte Enno.

Mona schüttelte den Kopf.

„Fichte kann nicht wissen, dass wir ihn jetzt auf dem Radar haben. Er wird annehmen, dass Lottmann unser einziger Verdächtiger ist. Vor allem, seit wir den Reporter wegen des Angriffs auf Kea eingebuchtet haben. Außerdem liegt dort ein Badetuch im Strandkorb, nicht wahr? Und da sind Sonnencreme und eine Kühltasche und anderer Krimskrams. Fichte ist wahrscheinlich nur im Wasser, um seinen Luxuskörper noch weiter zu stählen, und … hey, da kommt er ja schon!“

Mona hatte sich halb Richtung Brandung gedreht.

Mark Fichte war ganz offensichtlich schwimmen gewesen, er kam nun auf den Strand zu. Das Wasser reichte ihm noch bis zu den Knien, als er die beiden Kriminalisten entdeckte. Mona winkte ihm zu. Fichte erschrak, das konnte man trotz der Entfernung erkennen.

Er sprintete sofort los, wollte entkommen.

„Stehen bleiben! Polizei!“, rief Mona gellend und nahm die Verfolgung auf. Ihre Waffe zog sie nicht. Erstens konnte Fichte in seiner Badehose wohl kaum ein Messer oder eine Pistole versteckt haben. Und zweitens wollte Mona gewiss nicht an einem Strand mit vielen Kindern und anderen unbeteiligten Zivilisten wild herumballern. Sie hoffte, Fichte auch ohne Gewaltanwendung zu erwischen. Mona war eine regelmäßig trainierende Joggerin und konnte ziemlich schnell rennen. Leider stellte sich ihr Widersacher ebenfalls als topfit heraus. Fichte hatte außerdem längere Beine als sie und konnte seinen Vorsprung sogar noch ausbauen. Dennoch verließ er sich nicht darauf, zu Fuß entkommen zu können.

Fichte rannte zur Promenade hoch. Mona verlor ihn kurzzeitig aus den Augen, weil sie zwischen den Badegästen Slalom laufen musste. Einige Leute filmten bereits wieder fleißig mit ihren Smartphones.

Wenn das so weitergeht, dann werde ich noch zum YouTube-Star!, dachte Mona selbstironisch. Oben an der Jann-Berghaus-Straße waren entsetzte Schreie zu hören, dann heulte ein Automotor auf. Einige Momente später war Mona vor Ort. Ein Mann lag auf dem Boden, die Mienen herumstehenden Leute reichten von erschrocken bis sensationslüstern. Mona hielt ihren Dienstausweis hoch.

„Polizei Borkum. Was ist hier geschehen?“

Der Mann in der Horizontalen richtete sich auf. Er trug teure Freizeitkleidung, sein Gesicht war schmerzverzerrt.

„Ich wollte gerade aus meinem Porsche steigen, als mich so ein Irrer in Badehose ausknockte. Ich kippte um und er schnappte sich meinen Wagen.“

„Welche Farbe hat Ihr Porsche? Wie lautet das amtliche Kennzeichen?“

„Das Auto ist rot, zugelassen in Wuppertal.“

Während der Geschädigte Angaben zu seinem Nummernschild machte, kam auch Enno herangekeucht. Sein Gesicht sah aus, als stünde er kurz vor einem Herzinfarkt.

„Ich bin zu alt für diesen Mist“, brachte er schnaufend hervor.

„Ich hole unseren Wagen", sagte Mona. „Gib schon mal die Fahndung nach dem Porsche heraus, den Fichte geklaut hat."

Sie drückte ihrem Kollegen ihren Notizblock in die Hand. Dann sprintete sie erneut los und kehrte kurz darauf am Steuer des Opel Vectra zurück. Enno ließ sich ächzend auf den Beifahrersitz fallen und Mona drückte auf die Tube.

„Mit unserer alten Mistkarre sollen wir einen Porsche einholen?", stöhnte Enno. „Das kann ja heiter werden."

Mona schüttelte den Kopf.

„Darf ich dich daran erinnern, dass wir uns auf einer Insel befinden? Wie soll uns Fichte denn entkommen? Der Porsche ist doch kein Amphibienfahrzeug. Aber du könntest die Küstenwache um Unterstützung bitten. Die sollen uns ihren Hubschrauber schicken."

Mona hatte keinen Sichtkontakt zu Fichtes Fluchtfahrzeug, dafür war sein Vorsprung mittlerweile zu groß. Aber sie versuchte, sich in ihn hineinzuversetzen. Was würde sie an seiner Stelle tun, um Borkum möglichst schnell verlassen zu können? Die erste Möglichkeit war natürlich der Flugplatz. Aber es war unwahrscheinlich, dass ein unbewaffneter Mann in Badehose dort eine Maschine kapern konnte. Und selbst wenn es ihm gelänge, gäbe es genügend Zeugen für die Tat. Dann würde an jedem möglichen Zielflughafen die Polizei auf ihn warten.

Bei einer Jacht hingegen sah die Sache schon anders aus. Fichte konnte sich verstecken und den passenden Moment abwarten, um unerkannt an Bord eines auslaufenden Freizeitschiffs zu gelangen. Dort hatte er eine realistische Chance, sogar in seinem momentanen Aufzug.

„Er will zum Jachthafen, Enno!"

Der Oberkommissar, der gerade mit der Einsatzzentrale der Küstenwache gesprochen hatte, ließ das Mikrofon der Funkanlage sinken.

„Der Helikopter ist unterwegs, Mona. Die Maschine kreist zurzeit über der Kachelotplate und wird innerhalb von wenigen Minuten hier sein. Übrigens: Wenn Fichte zum Hafen hinunter will, dann wird er die Reedestraße benutzen müssen.“

Mona nickte grimmig.

„Ich frage mich, ob der Schurke sich überhaupt auf Borkum auskennt. Wenn er immer nur zwischen dem Strandkorb und Silkes Bett pendelte, dann kann er nicht … Da ist er doch, oder?“

Sie deutete auf einen Porsche, der vor ihnen aus dem Geusenweg zurücksetzte. Entweder hatte das Auto kein Navi oder Fichte konnte es nicht programmieren. Womöglich reagierte er auch einfach panisch, weil die Polizei hinter ihm her war. Enno schaltete jedenfalls Sirene und Signallicht ein, und Mona beschleunigte den Opel Vectra noch weiter. Gegen die PS-Stärke des Porsches kam das betagte Einsatzfahrzeug nicht an, darüber machte sie sich keine Illusionen.

Der Sportwagen brauste Richtung Campingplatz davon. Mona und Enno sahen nur noch die Rücklichter. Der Oberkommissar hatte aber inzwischen Funkkontakt mit dem Hubschrauber der Küstenwache und gab fortwährend die aktuelle Position durch.

„Wir befinden uns jetzt auf der Hindenburgstraße Richtung Süden. Der Verdächtige in dem roten Porsche flieht auf der Richthofenstraße, hat soeben die Kreuzung mit der Blanke Fenne überquert.“

Trotz des Lärms, den ihre eigene Sirene verursachte, hörte Mona nun auch das Rotorengeräusch des Helikopters. Die Maschine der Küstenwache flog sehr tief.

„Der Hubschrauber hat ihn“, sagte Enno voller Genugtuung. „Jetzt kann uns der Dreckskerl nicht mehr entkommen.“

Mona nickte.

Sie wusste aus Erfahrung, dass die Annäherung eines Helikopters viele Verbrecher demoralisierte und zum Aufgeben zwang. Auch Fichte schien erkannt zu haben, dass sein Spiel aus war. Er hatte den Porsche jenseits der Franzosenschanze zum Stehen gebracht.

Die Fahrertür war offen, als sich Mona und Enno dem gestohlenen Auto näherten. Offenbar hatte Fichte versucht, zu Fuß weiter zu fliehen. Aber der Helikopter stand in der Luft über ihm. Fichte bot jetzt keinen imposanten Anblick mehr. Er hatte die Hände hochgehoben und warf den beiden Kriminalisten einen verängstigten Blick zu, als sie sich ihm mit den Pistolen im Anschlag näherten.

Kapitel 9

Mona und Enno feierten die Verhaftung mit einem Mittagessen im Akropolis.

„Knöpfen wir uns Fichte gleich vor?“, fragte Enno kauend. Sein Gyros schien ihm ausgezeichnet zu schmecken. Mona hatte sich für ein Souvlaki entschieden. Sie nickte eifrig.

„Sicher, man sollte das Eisen schmieden, solange es heiß ist. Wenn wir unsere Pause beendet haben, wird Fichte schon erkennungsdienstlich behandelt worden sein. Wir dürfen ihm nicht zu viel Zeit lassen, um sich eine Lügengeschichte zurechtzulegen.“

Fichte saß im Verhörraum. Er trug einen der ausgeleierten Jogginganzüge, mit denen normalerweise Betrunkene ausgestattet wurden, die im Arrest ihre eigenen Kleider vollgespuckt hatten.

„Sobald wir mit Ihnen gesprochen haben, werde ich Silke Schmieder von Ihrer Verhaftung in Kenntnis setzen“, sagte Mona zu dem Verdächtigen. „Dann bringt sie Ihnen vielleicht etwas von Ihren eigenen Anziehsachen. Vorausgesetzt, die Witwe will Sie noch wiedersehen.“

Fichte versuchte, den Überlegenen zu spielen. Er warf den Kriminalisten, die ihm gegenüber Platz genommen hatten, abschätzige Blicke zu.

„Und warum sollte Silke mich wohl nicht noch einmal treffen wollen, Frau Kommissarin?“

Mona hob die Schultern.

„Vielleicht, weil Sie Dr. Schmieder ermordet haben?“

Fichte lachte sie aus.

„Haben Sie gar nicht zugehört? Ich war noch in den Staaten, als Schmieder starb.“

„Das wird sich zeigen. Warum sind Sie übrigens weggelaufen, als wir Sie am Strand besuchen wollten?“

„Keine Ahnung, ich hatte keine Lust auf Ihre Gesellschaft.“

Nun meldete sich Enno zu Wort.

„Könnte es auch daran gelegen haben, dass Sie von Britta Koch vorgewarnt wurden? Unsere Kollegen haben nämlich mittlerweile Ihr Handy im Strandkorb sichergestellt. Frau Sander hat vor einigen Stunden erfahren, dass Sie mit Britta Koch ein Verhältnis hatten, als sie noch mit Herrn Lottmann verheiratet war.“

Fichte grinste breit.

„Ich kann auch nichts dafür, dass mir die Frauen nicht widerstehen können. Nach dem Telefonat mit Britta hatte ich wirklich kurz überlegt, die Insel zu verlassen.“

„Wieso hatte Ihre Ex-Geliebte überhaupt Ihre Mobilfunknummer? Uns hat sie erzählt, dass kein Kontakt mehr zwischen ihr und Ihnen bestünde.“

„Das stimmt auch. Meine Nummer hat sich während der letzten Jahre mehrfach geändert. Aber man muss nicht Sherlock Holmes sein, um mich telefonisch zu erreichen. Als Personal Trainer habe ich eine Homepage, und darauf steht natürlich meine aktuelle Mobilfunknummer.“

„Sie hätten jedenfalls noch Zeit für eine Flucht gehabt, oder?“

„Ja, Frau Sander. Aber eigentlich gefällt es mir hier. Außerdem wäre es mir wie ein Schuldeingeständnis vorgekommen. Doch als ich Sie erblickte, habe ich für einen Moment die Nerven verloren. Das ist doch verständlich, wo Sie mich andauernd belästigen.“

„Mag sein“, sagte Mona mit harter Stimme. „Wir werden Ihnen jedenfalls beweisen, dass Sie im Auftrag von Dr. Schmieder gehandelt haben. Schon morgen wird ein Gerichtsbeschluss in Kraft treten, mit dessen Hilfe wir Ihre Konten durchleuchten werden. Das machen nicht wir, sondern Spezialisten vom Landeskriminalamt. Die kennen sich mit diesen Dingen sehr gut aus. Wenn Geld von Dr. Schmieder an Sie geflossen ist, dann werden wir es herausfinden. Sie können sich überlegen, ob Sie durch ein umfassendes Geständnis Ihre Lage verbessern wollen. Oder Sie warten ab, bis wir Ihnen die Indizien um die Ohren hauen."

„Jedenfalls sind Sie ab sofort Beschuldigter in einer Straftat", ergänzte Enno. „Und Sie können einen Rechtsbeistand hinzuziehen, falls Sie es wünschen."

Die entschlossene Art der beiden Ermittler verfehlte ihre Wirkung nicht. Fichtes arrogante Fassade bröckelte schneller, als Mona es erhofft hatte. Sie wusste ja gar nicht, ob es Zahlungen von Dr. Schmieder an den Fitnesstrainer gegeben hatte. Aber anscheinend war das wirklich so gewesen.

Fichte atmete tief durch, bevor er antwortete.

„Ich kann also auf mildernde Umstände hoffen, wenn ich auspacke?"

„Jedenfalls gelten Sie dann nicht als verstockter Straftäter", erwiderte Mona.

„Also gut, Frau Kommissarin. Es stimmt, ich lernte Schmieder einige Monate vor seinem Verschwinden kennen."

„Wie kam es dazu?"

„Ich habe einen gewissen Ruf als Liebhaber, wenn Sie verstehen, was ich meine. Es entspricht übrigens der Wahrheit, dass ich Silke bei einem meiner Kurse kennenlernte. Eines Tages wurde sie von ihrem Mann abgeholt. Schmieder gab mir seine Visitenkarte und sagte, ich solle ihn mal anrufen."

„Und das taten Sie dann auch?"

„Ja, natürlich. Ich dachte zuerst, er wollte mich als Personal Trainer buchen. Diese Bürohengste kriegen ja meist zu wenig Bewegung. Stattdessen wollte er mich bei unserem

Treffen dazu bringen, mit Britta zu schlafen. Und ich sollte 5000 Euro dafür bekommen."

„Sie wurden nicht misstrauisch?"

Fichte lächelte. Mona stellte sich vor, dass er die Situation innerlich noch einmal durchlebte.

„Eigentlich fand ich den Job besonders reizvoll. Nicht, dass Britta besonders attraktiv gewesen wäre. Aber es war ja nicht einfach nur mit dem Sex getan. Nach Schmieders Vorstellung sollte ich sie zu einer bestimmten Uhrzeit verführen, um dann von ihrem Mann überrascht zu werden."

„Erschien Ihnen diese Aufgabe nicht riskant?"

„Doch, aber es gefiel mir gleichzeitig. Schmieder versicherte mir, dass Brittas Ehemann ein Schwächling sei, von dem ich nichts zu befürchten hätte. Ich selbst bin durch mein regelmäßiges Training körperlich topfit. Also ließ ich mich auf die Sache ein. Es war nicht schwer, Britta herumzukriegen. Alles lief wie am Schnürchen. Ich bekam den Ehemann noch nicht mal zu Gesicht, ich hörte nur die Wohnungstür klappen. Was für ein Loser!"

Der Fitnesstrainer schnaubte verächtlich. Mona legte ihm ein Foto von Lottmann vor.

„Ist das der Ehemann?", fragte Fichte erstaunt. Mona nickte.

„Aber den Typen kenne ich! Der wohnt am Greune-Stee-Weg, ist meistens besoffen. Ich habe ihn schon öfter auf der Straße gesehen, er grüßt sogar. Und dessen Frau habe ich…?"

Enno nickte.

„Hat Ihnen Dr. Schmieder eigentlich gesagt, aus welchem Grund Sie die Ehefrau dieses Mannes verführen sollten?"

„Nein, und ich habe auch nicht gefragt. Ich nahm an, dass es zwischen den beiden Typen eine Feindschaft gab. Und Schmieder selbst hätte Britta wohl nicht flachlegen können. Er war zwar ziemlich dominant und trumpfte gern auf, aber als Frauentyp würde ich ihn nicht beschreiben. Schmieder konnte eigentlich froh sein, so eine tolle Frau wie Silke geheiratet zu haben."

„Darauf wollte ich gerade zu sprechen kommen", sagte Mona. „Wie kam es denn nun zu der Affäre zwischen Ihnen und Silke Schmieder?"

„Da habe ich Ihnen schon die Wahrheit gesagt, Frau Kommissarin. Silke nahm an einem meiner Kurse teil. Und als ihr Mann spurlos verschwand, habe ich mich ein wenig um sie gekümmert. Später wurde dann mehr daraus."

„Sie bleiben also dabei, Dr. Schmieder nicht umgebracht zu haben?"

„Warum sollte man die Kuh töten, die Milch gibt?", fragte Fichte zurück. „Wenn Ihre Experten meine Konten checken, dann werden sie vor fünf Jahren auf ein paar Zahlungseingänge von einer Liechtensteiner Bank stoßen. Dieses Geld stammte von Schmieder."

„Sie haben also Ihren Auftraggeber erpresst?", vergewisserte sich Mona.

„Sagen wir, ich wollte öfter Geld von ihm bekommen, die 5000 Euro reichten mir nicht. Ich hatte heimlich mit meinem Smartphone eine Audioaufnahme gemacht, während er mir den Auftrag erteilte. Ich drohte ihm, das Tondokument dem Ehemann von Britta zuzuspielen. Schmieder sollte weitere 5000 Euro rüberwachsen lassen, damit ich meine Klappe halte. Er fluchte, ging aber darauf ein. Zwei Tage später verschwand Schmieder spurlos von der Bildfläche, und zwar ohne mich vorher bezahlt zu haben."

„Sie glauben, dass er wegen Ihrer Erpressung untertauchte?"

„Hätten Sie das an meiner Stelle nicht auch angenommen, Frau Kommissarin? Ich dachte mir, er wolle die Kohle sparen. Irgendwann wird Schmieder schon zurückkehren, sagte ich mir. Vielleicht war das auch ein weiterer Grund dafür, dass ich mich mit Silke einließ. Ich hoffte, durch sie an ihn heranzukommen. Aber der Dreckskerl war und blieb verschwunden. Ich hingegen treffe mich bis heute mit Silke. Inzwischen weiß ich ihre Qualitäten so richtig zu schätzen …"

Fichte leckte sich genießerisch die Lippen.

Mona beglückwünschte sich noch einmal selbst dazu, nicht auf diesen Blender hereingefallen zu sein.

„Ihre Geschichte ist plausibel, Fichte. Allerdings könnte es auch ganz anders gewesen sein. Sie hatten Dr. Schmieder als einen Mann erlebt, mit dem nicht gut Kirschen essen ist. Er zahlte Ihnen 5000 Euro, um einem Widersacher zu schaden. Was würde er dann erst unternehmen, wenn er von dem Verhältnis zwischen Ihnen und seiner Frau erfuhr? Mussten Sie nicht befürchten, dass er Ihnen einen Schlägertrupp oder sogar einen Killer auf den Hals hetzen würde? Also entschlossen Sie sich zu einem Präventivschlag."

Der Fitnesscoach schaute Mona verständnislos an.

„Wozu soll ich mich entschlossen haben?"

„Meine Kollegin meint, dass Sie Dr. Schmieder umbrachten, bevor er Sie töten lassen konnte", erklärte Enno. Mona nickte ihm dankbar zu.

„Sie haben recht, ich hielt Schmieder wirklich für gefährlich. Allerdings hatte ich ihn ja mit dem Tondokument in der Hand. Ich sagte ihm auch, dass der Beweis bei den Bullen landen würde, falls mir etwas zustieße. Also, er war jemand, den man sich besser nicht zum Feind macht. Aber ich habe ihn trotzdem nicht getötet."

„Sie geben also den Erpressungsversuch zu, nicht aber den Mord?"

Fichte nickte.

Kapitel 10

Fichte wurde wieder in die Arrestzelle geschafft. Er sollte am nächsten Tag in Emden dem Haftrichter vorgeführt werden. Mona und Enno zogen in ihrem gemeinsamen Büro eine Zwischenbilanz.

„Wer war denn nun Dr. Schmieders Mörder? Fichte oder Lottmann?"

„Frag mich etwas Leichteres, Enno. Ein Motiv hätten beide gehabt. Und Maxi Rapp ist aus meiner Sicht auch immer noch im Rennen. Allerdings verstehe ich nach wie vor nicht, warum der Täter die Leiche erst mumifizieren ließ und sie dann äußerst nachlässig im Sand verscharrte. Es gibt auf Borkum unzählige Möglichkeiten, einen Körper unbemerkt für immer verschwinden zu lassen."

Enno bewegte seinen Quadratschädel hin und her.

„Wir drehen uns im Kreis, Mona. Angenommen, der bisherige Aufbewahrungsort stand kurz vor der Entdeckung, dann war das Vergraben der Leiche in den Süddünen nur eine Notlösung. Es musste schnell gehen und das war die naheliegendste Möglichkeit."

Mona schnippte mit den Fingern.

„Das ist eine gute Überlegung, mein Lieber! Es wäre auch möglich, dass die Leiche in nächster Nähe gelagert wurde. Und zwar …"

Mona hatte jetzt auch eine Idee. Sie griff zum Telefon und rief einen ortsansässigen Immobilienmakler an. Schon nach wenigen Minuten hatte sie die gewünschte Auskunft. Breit grinsend legte sie auf.

„Mach es nicht so spannend, Mona!", bat Enno.

„Stell dir vor, das Ferienhaus der Schmieders ist kürzlich verkauft worden. Silke, Kea und Mark müssen das Haus bis Ende dieser Woche geräumt und an den neuen Besitzer übergeben haben."

„Wenn der Tote dort gelegen hat, mussten sie eine Entdeckung durch den neuen Eigentümer befürchten. Also schafften sie die Leiche bei Nacht und Nebel fort und vergruben den Leichnam im Sand. Sie hofften vielleicht, dass man die Mumie gar nicht mit der Familie Schmieder in Verbindung bringen würde."

„Du benutzt die Mehrzahl, Enno. Glaubst du, dass Silke und Kea in das Verbrechen eingeweiht waren?"

„Ich weiß es nicht, Mona. Fragen wir die Hausherrin doch einfach."

Mona griff zu ihrem Smartphone und rief Silke Schmieder an. Es stellte sich heraus, dass sie immer noch in der Klinik bei ihrer Tochter war. Allerdings schlief Kea momentan und durfte nicht gestört werden.

„Können wir uns mit Ihnen in Ihrem Haus treffen, Frau Schmieder? Der Mordfall hat eine neue Wendung genommen, die wir gern mit Ihnen besprechen würden."

Die Witwe erklärte sich dazu bereit, die Ermittler in einer halben Stunde dort zu empfangen. Mona beendete das Gespräch. Enno wedelte mit der Hand, als ob er sich verbrannt hätte.

„Frau Schmieder weiß noch nichts von der Verhaftung ihres Liebhabers? Sie wird davon nicht gerade begeistert sein."

Diese Einschätzung war nicht übertrieben. Die Oberstudienrätin fiel aus allen Wolken, als sie dreißig Minuten später von den Ermittlungen gegen Fichte erfuhr. Und sie begann damit, die Kriminalisten wüst zu beschimpfen.

„Das ist doch ein klassisches Beispiel für Polizeiwillkür! Es passt nicht in Ihr spießiges Weltbild, dass eine erwachsene Frau mit einem jüngeren Mann glücklich sein kann. Und da Sie dringend einen Erfolg für Ihre jämmerliche Karriere brauchen, haben Sie Mark als

Sündenbock aufgebaut. Das ist ja auch viel bequemer, als den eigentlichen Mörder zu suchen, der …“

„Nun halten Sie mal die Luft an“, blaffte Mona. Sie baute sich vor Silke Schmieder auf.

„Es steht noch keineswegs fest, ob Mark Fichte Ihren Mann umgebracht hat“, fuhr Mona fort, bevor die Witwe wieder Luft holen konnte. „Aber er hat gestanden, Ihren Ehemann erpresst zu haben. Außerdem gibt er zu, im Auftrag Ihres Mannes mit einer verheirateten Frau geschlafen zu haben.“

Mit diesen Neuigkeiten wurde Silke Schmieder völlig überrollt. Ihr Gesichtsausdruck zeigte nur allzu deutlich, dass sie von diesen Ereignissen zum ersten Mal hörte. Sie ließ sich in einen Sessel fallen.

„Aber … das ist doch völlig absurd! Warum hätte Mark das tun sollen? Und mein Mann soll ihn angestiftet haben? Das ist lächerlich.“

„Die besagte Ehefrau hat Mark Fichte eindeutig identifiziert“, stellte Mona fest. „Außerdem hat er, wie gesagt, ein Geständnis abgelegt. Die ganze Aktion war vermutlich ein Puzzlestück beim Rachefeldzug Ihres Mannes gegen Ulrich Lottmann.“

Mona zog ein Foto des Journalisten hervor und zeigte es der Witwe. Silke Schmieder schüttelte verständnislos den Kopf.

„Dieser Mann wohnt doch momentan nur ein paar Häuser weiter! Ich habe ihn schon bei früheren Borkum-Urlauben gesehen, aber nie länger mit ihm gesprochen. Ich glaube, er trinkt. Weshalb hätte mein Mann sich an ihm rächen sollen?“

„Dann wissen Sie also nichts von den Bestechungsvorwürfen?“

Silke Schmieder hatte offenbar wirklich keine Ahnung von der Feindschaft zwischen ihrem Mann und Lottmann. Das wunderte Mona nicht. Offenbar hatte Dr. Schmieder wirklich so wenige Mitwisser wie möglich haben wollen. Gegenüber seiner Familie hatte er vermutlich den Saubermann gespielt. Mona bezweifelte auch, dass die Witwe von dem Konto in Liechtenstein Kenntnis hatte. Aber das würden die Kollegen vom Landeskriminalamt schon noch herausfinden.

Vor Ort war jetzt eine andere Sache wichtig.

„Frau Schmieder, mein Kollege und ich würden uns gern im Haus umsehen, wenn Sie einverstanden sind. Einen Durchsuchungsbeschluss haben wir nicht, aber den könnten wir schnell beschaffen. Wenn Mark Fichte wirklich nicht der Mörder Ihres Mannes ist, dann muss er von der Justiz auch nichts befürchten."

Die Witwe nickte zerstreut. Ihre Wut war verraucht, sie schien von der Wucht der Neuigkeiten niedergeknüppelt worden zu sein.

„Ja, schauen Sie sich nur um … Ich habe nichts zu verbergen …"

Das bezweifelte Mona, aber sie verkniff sich den Kommentar. Stattdessen streifte sie sich Latexhandschuhe über. Die Ermittler suchten nach einem Versteck, in dem die Leiche hätte mumifizieren können. Mona sagte sich, dass es wohl kaum in den Wohnräumen geschehen sein durfte, die einen gepflegten Eindruck machten. Es stellte sich heraus, dass das Ferienhaus keinen Keller hatte. Der hölzerne Schuppen war mit Fahrrädern und Garten-Krimskrams vollgestellt und kam nach Monas Meinung ebenfalls nicht infrage. Aber dann fiel ihr Blick auf eine Kunststoffkiste. Sie stand an der Westseite des Hauses und war ungefähr so groß wie eine normale Gefriertruhe.

Mona wandte sich an die Hausherrin.

„Was wird in der Kiste aufbewahrt, Frau Schmieder?"

Bildete Mona sich das nur ein oder wurde ihr Gegenüber nervös?

„Nichts, Frau Sander. Früher haben wir dort während der Wintersaison die Polster unserer Gartenmöbel verstaut. Aber inzwischen haben wir andere Sessel angeschafft."

„Eine leere Kiste ist mit einem Vorhängeschloss versehen?", fragte Mona ungläubig.

Silke Schmieder kaute an ihrer Unterlippe.

„Wie gesagt, da ist nichts drin."

„Ich habe eine Brechstange im Auto", sagte Enno hilfsbereit. „Es dauert keine drei Minuten, bis wir das Schloss geknackt haben."

„Vielleicht finde ich den Schlüssel ja doch noch", stammelte die Witwe und holte ihr Schlüsselbund hervor. Sie wischte sich den Schweiß von der Stirn, obwohl es an diesem späten Nachmittag auf Borkum gar nicht so heiß war. Es wehte ein kühler Wind von Westen her. Mona und Enno wechselten hinter Frau Schmieders Rücken einen vielsagenden Blick. Die Oberstudienrätin verhielt sich wirklich verdächtig.

Schließlich ging das Vorhängeschloss doch auf.

Mona öffnete die Kiste. Sie war leer.

„Sehen Sie?" Silke Schmieders Stimme klang erleichtert. „Ich sagte ja, dass Sie dort nichts finden werden."

„Wir nicht", stimmte Mona zu. „Aber die Kriminaltechniker in Oldenburg vielleicht schon. Ich lasse die Kiste mit der ersten Fähre morgen früh aufs Festland schaffen. Falls die Leiche Ihres Mannes in dieser Truhe aufbewahrt wurde, wird sich das anhand von DNA-Spuren nachweisen lassen. Dann können wir immer noch darüber nachdenken, wer den Toten dort hineinbefördert hat."

„Für die Kiste bekommen Sie selbstverständlich eine Quittung von uns", sagte Enno.

Kapitel 11

Am nächsten Morgen wachte Mona mit einem mulmigen Gefühl in der Magengegend auf. Um sich abzulenken, schlüpfte sie in ihre Joggingklamotten und lief los. Während Mona sich im Licht der aufgehenden Sonne auf der Commandeurstrate Richtung Süden bewegte, waren ihre Gedanken schon wieder bei dem Kriminalfall.

Ob die Leiche wirklich jahrelang in der Plastikkiste gelegen hatte? Nach allem, was Mona inzwischen über Mumifizierung wusste, wäre das ein idealer Aufbewahrungsort. Lag vielleicht ein Kollektivverbrechen vor? Hatten Silke und Mark gemeinsam Dr. Schmieder ermordet, und war womöglich auch noch Kea in das Verbrechen verwickelt? Und wie passte dieser Unglücksrabe Lottmann in das Bild?

Mona versuchtc, ihren heftig fließenden Gedankenstrom einzudämmen. Am besten ging sie jetzt Schritt für Schritt vor, auch wenn es ihr schwerfiel. Sie kehrte zu ihrer Wohnung zurück und machte sich für den Arbeitstag fertig, als ihr Handy klingelte. Enno war am Apparat.

„Moin, Mona. Bist du schon losgefahren?"

Der Oberkommissar klang aufgeregt, was für ihn höchst ungewöhnlich war.

„Nee, Enno. Bin ich zu spät dran? Kann doch eigentlich nicht sein, oder?"

„Es ist ja noch gar kein Dienstbeginn für uns. Aber ich habe hier auf der Wache gerade Besuch bekommen. Es gibt neue Entwicklungen in unserem Fall. Und ich dachte mir, du wirst es sofort erfahren wollen."

„Da hast du verflixt recht. Also, ich bin gleich bei dir."

Mona verzichtete auf das Frühstück, denn ihre Neugierde war jetzt heftiger als jede andere Empfindung, Hunger und Durst eingeschlossen. Wenn Enno schon nervös geworden war, dann musste etwas wirklich Dramatisches geschehen sein. Mona schwang sich in den Sattel ihres Fahrrades und legte die Strecke zur Polizeistation in einer Rekordzeit zurück. Als sie ihr Dienstzimmer betrat, saß dort Silke Schmieder auf Ennos Besucherstuhl. Monas Kollege stand auf. Er fuhr sich dauernd mit seiner großen Pranke über den grauen Kurzhaarschnitt. Das war für Mona ein weiteres Indiz für seine Unruhe.

„Frau Schmieder hat uns etwas zu sagen, Mona. Ich wollte keine tiefergehende Befragung ohne dich beginnen.“

Mona nickte. Im Übrigen war es Vorschrift, dass bei einem offiziellen Verhör zwei Kriminalbeamte anwesend sein mussten. Sie selbst nahm es mit den Regeln zwar nicht so genau, aber natürlich wollte sie ebenfalls wissen, was die Besucherin zu sagen hatte.

Silke Schmieder war geschminkt und sah sehr gepflegt aus. Dennoch glich ihr Gesicht Monas Meinung nach einer Totenmaske. Die Kriminalisten gingen mit ihr in den Verhörraum. Dann konnte Mona nicht mehr an sich halten.

„Also, ich bin ganz Ohr, Frau Schmieder.“

„Die kriminaltechnische Untersuchung der Plastiktruhe können Sie sich sparen, Frau Kommissarin. Ich habe meinen Mann getötet.“

Mit einem so eindeutigen Geständnis hatte Mona nicht gerechnet. Die Kiste war noch am Vorabend mit der letzten Fähre aufs Festland gebracht worden. Mona wusste noch nicht, wann sie mit einem Analyseergebnis rechnen konnte. Aber das war jetzt zweitrangig.

„Ich habe Frau Schmieder schon darauf hingewiesen, dass wir sie jetzt als Beschuldigte vernehmen werden“, sagte Enno mit tonloser Stimme. „Sie verzichtet auf einen Rechtsbeistand.“

Die Oberstudienrätin machte eine ungeduldige Handbewegung.

„Richtig, denn ich will diese Angelegenheit jetzt so schnell wie möglich hinter mich bringen. Im Grunde bin ich Ihnen dankbar dafür, dass Sie nicht damit aufgehört haben, in unserem Leben herumzuschnüffeln. Sonst hätte ich mich wohl nie dazu durchringen können, reinen Tisch zu machen. Aber offenbar haben Sie auch Personen im Visier, die völlig unschuldig sind. Ich denke da an meinen Freund Mark Fichte und an diesen Alkoholiker. Beide haben nichts mit dem Mord zu tun, und sie leisteten auch keine Beihilfe. Ich war es, die meinen Mann getötet hat. Ich ganz allein."

Mona ließ die Worte einige Momente lang auf sich wirken, bevor sie antwortete.

„Ihre Aufrichtigkeit spricht für Sie, Frau Schmieder. Dennoch werden wir es Ihnen nicht ersparen können, etwas ins Detail zu gehen. Wie ist es zu dem Mord an Ihrem Mann gekommen?"

„Ganz einfach, Frau Kommissarin. Kurt hat unsere Tochter sexuell missbraucht. Ich sah keine andere Möglichkeit, um ihn zu stoppen. Er war ein herrischer Mensch. Kurt hätte niemals von allein aufgehört, und vor dem Gesetz hatte er auch keine Achtung. Außerdem war ich so wütend, dass ich alle Hemmungen verlor. Ich stach immer wieder zu, bis er tot war."

Mona hakte nach.

„Also erwischten Sie Ihren Mann sozusagen auf frischer Tat?"

„Das kann man sagen, Frau Kommissarin. Kea war völlig verängstigt, sie konnte sich nicht wehren. Aber als ihr Peiniger endlich tot war, half sie mir dabei, die Leiche in die Kiste zu hieven. Ich schloss die Truhe ab, das war eigentlich auch ein symbolischer Akt. Es fiel mir auf diese Weise leicht, ihn zu vergessen."

Nun schaltete sich Enno in die Befragung ein.

„Und Sie gaben die Vermisstenanzeige in Düsseldorf auf, um eine falsche Spur zu legen?“

„Richtig, Herr Oberkommissar. Ich vertraute darauf, dass niemand auf die Idee kommen würde, dass Kurt auf Borkum verschwunden war. Wie Sie wissen, kann man die Fährtickets am Schalter bezahlen, ohne seinen Namen nennen zu müssen. Das Ferienhaus gehört uns, also mussten wir uns auch bei keinem Vermieter namentlich anmelden. Ich kehrte am nächsten Morgen nach Düsseldorf zurück und gab die Anzeige bei der Polizei auf. Außerdem parkte ich Kurts Auto in Bahnhofsnähe. Fünf Jahre lang hat diese List ja auch funktioniert, aber jetzt leider nicht mehr.“

Silke Schmieder schnaubte selbstironisch.

„Sie mussten die Leiche beiseiteschaffen, weil Sie das Haus verkauft haben?“

„Ja, Frau Kommissarin. Kea und ich schleppten sie um zwei Uhr morgens hinunter zur Böschung und vergruben sie im Sand. Wir haben es wohl unterschätzt, wie leicht sie entdeckt werden konnte. Natürlich wäre es besser gewesen, den Leichnam weiter entfernt zu vergraben oder ins Meer zu werfen. Hinterher ist man bekanntlich immer schlauer.“

„Wann war das?“

„Drei Tage, bevor dieser Hund Alarm schlug. Kea bekam Panik, als sie die Einsatzfahrzeuge bemerkte. Sie verließ fluchtartig auf ihrem Fahrrad das Haus. Sie ist sowieso schon psychisch labil. Ich hingegen habe mich darum bemüht, in Marks Armen Vergessen zu finden. Aber das hat ja leider auch nicht geklappt.“

Bei einer früheren Befragung hatte Kea behauptet, schon um 7 Uhr morgens losgefahren zu sein. Das war eine offensichtliche Lüge gewesen. Aber diese Ungereimtheit fand sie jetzt nebensächlich. Sie interessierte etwas ganz anderes.

„Warum verkaufen Sie Ihr Ferienhaus eigentlich? Sie hätten doch die mumifizierte Leiche bis in alle Ewigkeit in der Truhe lassen können. Ihr vermisster Ehemann wäre irgendwann offiziell für tot erklärt worden. Und dann erscheint es mir sehr fraglich, ob das Verbrechen jemals aufgeklärt worden wäre.“

„Das weiß ich auch, Frau Kommissarin. Aber ich brauche das Geld für Keas Studium. Sie ist wirklich hochbegabt, und deshalb hat sie sich für eine *Master Class* in New York beworben. Am dortigen *Fine Arts Institute* unterrichten einige der besten Dozenten weltweit. Es gibt jedes Jahr nur 20 Plätze für neue Studenten, aber 6000 Bewerbungen. Kea hat einen dieser Studienplätze zugesprochen bekommen.“

Silke Schmieder platzte fast vor Mutterstolz, als sie diese Sätze von sich gab. Mona wurde wieder einmal bewusst, dass sie selbst nur äußerst mittelprächtige Leistungen vorweisen konnte, auch bei der polizeilichen Ausbildung. Sie war eben eher eine Praktikerin.

„Und mit dem Erlös des Hausverkaufs wollten Sie Keas Studium in den USA finanzieren?“

„Ja, genau. New York City ist eine sehr teure Stadt, auch von den Lebenshaltungskosten her. Ich wollte meiner Tochter ihren Traum ermöglichen, nachdem ihr Vater so viel in ihrem Leben zerstört hatte.“

Silke Schmieder begann zu weinen. Mona und Enno schauten einander hilflos an. Sie warteten, bis sie sich einigermaßen beruhigt hatte. Dann reichte Mona ihr ein Papiertaschentuch.

„Die folgende Frage muss ich Ihnen leider stellen, Frau Schmieder. Hatten Sie schon länger einen Verdacht, was den sexuellen Missbrauch Ihrer Tochter durch Ihren Mann anging?“

„Nein, Frau Kommissarin! Das müssen Sie mir glauben. Man liest ja öfter von Frauen, die vor diesen Dingen die

Augen verschließen. Aber so bin ich nicht. Kea sagte mir später, es wäre das erste Mal gewesen. Warum sollte sie mich anlügen? Es ist ein kleiner Trost für mich, dass Kurt nur einmal seine schmutzigen Hände auf sie legen konnte. Und was für ein Glück, dass ich genau an dem Tag dazwischengehen konnte."

„Ihr Mann hat sich nicht gewehrt, als Sie auf ihn einstachen?"

„Nein. Wie gesagt, er war der autoritäre Typ Mann. Er konnte sich einfach nicht vorstellen, dass man gegen ihn rebelliert."

Diese Aussage passte zu dem Bild, das Mona bereits von Dr. Schmieder hatte. Lottmann hatte mit seiner privaten und beruflichen Existenz dafür bezahlen müssen, dass er dem hohen Beamten in die Quere gekommen war. Von seiner eigenen Familie hatte Dr. Schmieder ganz offensichtlich ebenfalls keinen Widerstand erwartet.

„Wussten Sie eigentlich von dem Korruptionsverdacht gegen Ihren Mann? Sagt Ihnen der Name Zappek etwas?"

Silke Schmieder sah verwirrt aus.

„Zappek? Der Name sagt mir nichts. Ist das ein Krimineller? Die Korruption erwähnten Sie ja schon. Das wundert mich allerdings nicht, denn ich hielt Kurt nicht für einen gesetzestreuen Bürger. Er machte seine eigenen Regeln und war ein fürchterlicher Egozentriker. Als ich ihn damals kennenlernte, beeindruckte mich Kurts energische Art. Erst nach und nach erkannte ich die Schattenseiten seines Charakters. Aber da war es schon zu spät."

„Eine Scheidung kam für Sie nicht infrage?"

Die Oberstudienrätin schüttelte den Kopf.

„Nein, dafür war der Leidensdruck nicht groß genug. Es war ja eigentlich nicht unerträglich mit Kurt, wir lebten während der letzten zehn Jahre vor seinem Tod mehr oder weniger nebeneinander her. Aber als ich ihn mit Kea erwischte, hatte er eine rote Linie überschritten. Also griff ich zum Steakmesser, und dann nahm das Unglück seinen Lauf."

„Ihnen ist bewusst, dass wir Sie nach Ihrem Geständnis in Untersuchungshaft nehmen müssen?"

„Ja, natürlich. Ich hoffe nur, dass Sie meinen Freund freilassen. Er hat mir bei der Beseitigung der Leiche nicht geholfen, das versichere ich Ihnen. Und für diese Kiste hinter dem Haus hat Mark sich niemals interessiert."

„Wegen versuchter Erpressung Ihres Mannes wird sich Mark Fichte auf jeden Fall verantworten müssen", erwiderte Mona. „Es ist allerdings vorstellbar, dass der Richter den Haftbefehl bis zum Prozess außer Vollzug setzt."

„Versuchte Erpressung? Aber Kurt ist doch schon längst tot."

„Das spielt für das Delikt keine Rolle", erklärte Mona. „Erpressung verjährt erst nach fünf Jahren. Es kommt darauf an, wann genau der Versuch stattgefunden hat."

Die geständige Mörderin wurde von Grietje zur erkennungsdienstlichen Untersuchung abgeholt.

Monas Magen begann zu knurren. Enno grinste sie an.

„Was sagst du zu einem Kaffee und einem Salamibrötchen? Das hast du dir nach dem Schreck in der Morgenstunde gewiss verdient."

„Eine hervorragende Idee, Enno."

Sie gingen in die Teeküche der Polizeiwache und frühstückten.

„Ich dachte ich falle vom Glauben ab, als Silke plötzlich bei uns aufkreuzte und den Mord gestehen wollte. Da habe ich dich sofort angerufen."

„Du fällst vom reformierten Glauben ab? Das würde doch einem echten Ostfriesen niemals passieren. Aber Scherz beiseite, fandest du Silkes Aussage überzeugend?"

„Ja, sicher. Ging es dir nicht so?"

„Nur bedingt, Enno. Die Verdächtige behauptet, mehrfach zugestochen zu haben. Aber laut Obduktion gibt es nur einen einzigen Wundkanal, die Waffe hat direkt das Herz durchstoßen. Das ist wohl kaum möglich, wenn man mehrfach ein Messer in den Körper treibt."

Der Oberkommissar hob seine breiten Schultern.

„Du weißt doch, dass man sich auf das Erinnerungsvermögen von Zeugen und Tätern nicht hundertprozentig verlassen kann. Silke erwischt ihren Mann, der ihrer Tochter etwas Schreckliches antun will. Sie ist in einer psychischen Ausnahmesituation. Sie greift zum nächstbesten waffenähnlichen Gegenstand, einem Steakmesser. Und dann sticht sie zu. Silke wird gewiss nicht mitgezählt haben, wie oft das geschah."

„Nein, wahrscheinlich nicht", murmelte Mona. Dennoch gab es etwas an diesem Geständnis, das ihr gewaltig gegen den Strich ging. Allerdings konnte sie noch nicht genau sagen, was das war.

„Die Pflicht ruft", sagte Mona laut, nachdem sie ihren Kaffee ausgetrunken hatte. „Nachdem Silke schon ihr Gewissen erleichtert hat, möchte ich gern erfahren, weshalb Lottmann Kea totschlagen wollte."

Der alkoholkranke Journalist sah nicht gerade aus wie das blühende Leben, als er von Polizeimeister Ekhoff in den Verhörraum geführt wurde. Immerhin war er inzwischen wieder nüchtern, sodass die Befragung problemlos durchgeführt werden konnte.

„Ich wollte das alles nicht", murmelte Lottmann. Er konnte weder Mona noch Enno in die Augen sehen. Stattdessen starrte er auf die Resopalplatte des Tischs. Mona hakte nach.

„Sie geben also zu, Kea Schmieder angegriffen zu haben?"

„Ja, verdammt. Ich muss endlich mit der Sauferei aufhören, die ist noch mal mein Untergang. Ich war früher nicht so, das müssen Sie mir glauben."

„Im Gefängnis werden Sie sowieso keine Alkoholorgien mehr feiern können“, sagte Mona kühl. „Und wie kam es nun zu der Tat?“

„Ich war sauer auf Schmieder. Das klingt für Sie wahrscheinlich lächerlich, weil er ja schon längst tot und mumifiziert ist. Aber es kam mir so vor, als ob er mir noch aus dem Grab heraus Schwierigkeiten machen würde. Allein schon dadurch, dass Sie bei mir aufgetaucht sind und Fragen stellten. Dadurch kam dieser ganze Mist wieder hoch, mein verkorkstes Leben. Wo könnte ich heute stehen, wenn ich Schmieder nicht begegnet wäre? Ich könnte Chefredakteur sein, und vielleicht wäre ich immer noch mit Britta zusammen. Ich musste ganz schön viel trinken, um diese Gedanken zu unterdrücken. Trotzdem wurde meine Wut nicht kleiner. Ich griff mir diesen Axtstiel und ging aus dem Haus. Ich schlug auf irgendwelche Steine ein, um mich abzureagieren. Ziellos irrte ich umher. Irgendwann landete ich dann am Wasserturm, und da sah ich Kea. Ich wusste ja, dass sie keine Schuld traf. Und trotzdem, sie ist seine Blutsverwandte. Also schlug ich sie nieder. Dann schnappte ich mir ihr Fahrrad und fuhr zu meinem Haus zurück.“

„Das war ganz schön dämlich von Ihnen“, meinte Mona trocken. „Das Rad ist ein erstklassiges Beweisstück, von dem blutigen Axtstiel gar nicht zu reden.“

„Glauben Sie, das weiß ich nicht? In nüchternem Zustand hätte ich niemals so einen Blödsinn gemacht.“

Diese Aussage erschien Mona plausibel. Während ihrer Polizeilaufbahn hatte sie Betrunkene schon die unglaublichsten Dinge tun sehen. Trotzdem, sie musste sich Gewissheit verschaffen.

„Wollten Sie Kea Schmieder töten?“

„Nein, halten Sie mich für einen Killer? Ich wusste ja gar nicht, dass ich sie am Wasserturm treffen würde.“

Mona nickte. Die junge Frau war vermutlich nur zur falschen Zeit am falschen Ort gewesen. Lottmann würde trotzdem die Verantwortung für seine Tat übernehmen müssen. Es gab allerdings noch einen weiteren Punkt zu klären.

„Und warum haben Sie heimlich Aktaufnahmen von Mark Fichte gemacht?“

Lottmann zuckte zusammen, als Mona ihm diese Frage stellte. Es schien ihm unangenehmer als das Geständnis des versuchten Totschlags zu sein. Es dauerte einige Minuten bis er antwortete.

„Ich hatte so einen vagen Verdacht, dass Fichte der Beschäler meiner Frau sein könnte. Ich hatte den Kerl ja nur kurz gesehen, als ich die beiden in flagranti erwischte. Und es wollte auch nicht in meinen Kopf, dass derselbe Mann sich erst mit Britta und dann mit Silke Schmieder vergnügte. Die Fotos machte ich in der Hoffnung, dass mein Gedächtnis dadurch aufgemöbelt werden würde. Aber ein letzter Zweifel blieb. Handelt es sich bei Fichte um den Liebhaber meiner Frau?“

„Warum wollen Sie das unbedingt wissen, Lottmann?“

„Weil ich vorhatte, ihn in diesem Fall zu töten“, stöhnte der Täter. „Aber dazu werde ich jetzt wohl keine Gelegenheit mehr haben.“

„Da kann ich Ihnen nicht widersprechen“, sagte Enno.

Kapitel 12

Mona hatte die Aufgabe übernommen, Silke Schmieders Geständnis abzutippen. Es musste der Mörderin später zur Unterschrift vorgelegt werden.

Grietje kam herein.

„Kea Schmieder hat gerade angerufen. Sie wartet auf den Besuch ihrer Mutter, aber daraus wird natürlich nichts. Soll ich ihr sagen, dass wir sie verhaftet haben?"

Mona biss sich auf die Unterlippe.

„Nein, das mache ich lieber persönlich. Kea muss ohnehin noch als Zeugin befragt werden. Und als Geschädigte, was den Missbrauch angeht."

Mona machte sich bewusst, dass sie die Begegnung mit der Tochter unbewusst hinausgezögert hatte. Sie hatte früher schon mit Missbrauchsopfern sprechen müssen, und ihre eigene Hilflosigkeit gegenüber den Erlebnissen dieser Menschen erzeugte bei ihr einfach nur ohnmächtige Wut. Besonders in diesem Fall, da Dr. Schmieder tot war und nicht mehr zur Verantwortung gezogen werden konnte.

„Dann sage ich Kea, dass ihr gleich vorbeikommt."

Mona nickte gedankenverloren, während Grietje wieder ins Wachlokal zurückkehrte. Auch Enno schien nicht begeistert davon zu sein, der jungen Frau von der Verhaftung berichten zu müssen. Er seufzte tief.

„So ein Schiet. Kea kann einem echt leidtun."

Was sollte Mona darauf erwidern? Sie und Enno rafften sich auf und betraten kurze Zeit später das Krankenzimmer der verletzten Kunststudentin.

„Wo ist meine Mutter?", fragte Kea. „Ihr Handy ist aus, und den blöden Mark erreiche ich auch nicht."

Mona und Enno nahmen links und rechts des Krankenbetts auf Besucherstühlen Platz.

„Wir müssen Ihnen leider mitteilen, dass wir Ihre Mutter verhaftet haben ..."

Der Oberkommissar konnte den Satz nicht beenden. Kea fiel ihm aufgeregt ins Wort.

„Hakt es bei euch? Wieso habt ihr das denn gemacht? Seid ihr noch ganz dicht?"

Mona legte beruhigend ihre Hand auf den Unterarm der jungen Frau.

„Wir können verstehen, dass Sie aufgebracht sind. Aber den Grund kennen Sie selbst nur allzu gut, nicht wahr?"

Kea war nun völlig außer sich.

„Nein, ich habe keinen blassen Schimmer!"

Mona holte tief Luft, bevor sie sprach.

„Ihre Mutter hat ein komplettes Geständnis abgelegt. Sie gab zu, Ihren Vater erstochen zu haben, weil ... weil er Sie angefasst hat."

Kea quollen beinahe die Augen aus dem Kopf. Sie wirkte nun nicht mehr zornig, sondern verwirrt.

„Das hat sie gesagt?"

„Ja. Wir können ihr die Tat nicht aufgrund von Indizien nachweisen. Doch ein Geständnis hat sehr starken Beweischarakter."

„Aber Mama hat gelogen!", stieß Kea hervor. „In Wirklichkeit war es nämlich genau umgekehrt. Ich habe meinen Alten abgestochen, als er mir an die Wäsche wollte. Es war eine Kurzschlussreaktion, er bedrängte mich, hörte einfach nicht auf. Und da war plötzlich dieses Messer. Ich wusste nicht mehr, was ich tat. Ich stach zu, bis er von mir abließ. Mama kam erst dazu, als er schon in seinem Blut lag."

Mit einer solchen Eröffnung hatte Mona nicht gerechnet. Und Enno ging es genauso, wie ihr ein Blick auf sein Gesicht bewies. Mona hakte nach. Sie musste sich Gewissheit verschaffen.

„Was glauben Sie denn, aus welchem Grund Ihre Mutter die Schuld auf sich genommen hat?“

Kea antwortete mit einer Gegenfrage.

„Haben Sie keine Mutter, Frau Kommissarin? Ihre Mama würde bestimmt auch alles tun, um Ihren Hals aus der Schlinge zu ziehen. Oder?“

Mona musste ihr innerlich recht geben. Ihre Mutter hatte ihr gesagt, dass sie stolz auf Mona sei, trotz ihrer mäßigen Leistungen auf der Polizeischule und der Strafversetzung gleich zu Beginn ihrer Karriere. Ja, auch Monas Mutter würde gewiss für sie lügen. Dennoch gab es nach Monas Meinung bei Keas Geschichte eine Ungereimtheit.

„Wissen Sie, was ich nicht verstehe? Wenn Ihr Vater Sie belästigt hat, dann waren Ihre Messerstiche ganz eindeutig Notwehr. Warum haben Sie nicht die Polizei gerufen und die Wahrheit gesagt, nachdem die Tat geschehen war?“

„Denken Sie, wir hätten uns das nicht auch überlegt? Als meine Mama erschien und sah, was ich getan hatte, dachten wir genau nach. Mein Vater hatte ja sein schmutziges Ziel zum Glück nicht erreicht. Mit anderen Worten: Es war zu keiner Vergewaltigung gekommen. Dass er mir an die Brust gefasst hatte, ließ sich nicht nachweisen. Was hingegen aktenkundig ist, sind meine psychischen Probleme.“

„Sie waren also schon vor diesen Ereignissen in therapeutischer Behandlung?“

„Ja, Frau Kommissarin. Da ging ich schon seit einigen Monaten zu einer Psychologin, mit der ich mich gut verstehe. Ich hatte große Angst davor, als gemeingefährlich abgestempelt zu werden. Dann hätte man mich womöglich in eine geschlossene Klinik eingewiesen. Und ich hatte in der Schule gerade wieder Tritt gefasst, war keine Außenseiterin mehr. Wenn wir den Tod meines Vaters gemeldet hätten, wäre mein Leben auch zerstört worden.“

„Also haben Sie die Leiche lieber versteckt und Ihren Vater als vermisst gemeldet?“

Kea nickte eifrig.

„Ja, den Körper haben wir gemeinsam in die Kiste gelegt. Für eine von uns wäre er zu schwer gewesen. Aber ich bin ganz allein für den Tod meines Vaters verantwortlich, Frau Kommissarin. Meine Mutter hat mir nur bei der Beseitigung des Leichnams geholfen.“

„Und warum schafften Sie die Leiche endgültig fort?“

„Mama hat das Ferienhaus verkauft, um mein Studium in den Staaten zu finanzieren. Daran können Sie schon erkennen, wie sehr sie mich liebt. Und wir konnten nicht riskieren, dass die neuen Mieter die Leiche finden.“

„Aber warum vergruben Sie die Leiche so nahe am Ferienhaus? Sie haben hier jahrelang Ihren Urlaub verbracht, Sie und Ihre Mutter müssten die Insel sehr gut kennen. Mir fallen auf Anhieb etliche Orte ein, wo man einen Toten viel besser verstecken kann, ohne eine Entdeckung befürchten zu müssen. Sie hätten den Körper auch an einer Stelle ins Wasser werfen können, wo er von der Strömung aufs offene Meer getrieben worden wäre. Dann hätte man ihn wahrscheinlich niemals gefunden.“

Kea presste die Lippen aufeinander. Mona fürchtete schon, dass die junge Frau jetzt überhaupt nichts mehr sagen würde. Dann öffnete sie aber doch wieder den Mund.

„Mama und ich haben es immer wieder vor uns hergeschoben, die Leiche zu beseitigen. Glauben Sie, das wäre uns leicht gefallen? Ich bereue meine Tat nicht, aber trotzdem war dieser Mann mein Vater. Ich fand es auch unheimlich, die Truhe zu öffnen. Dieser Moment hat mir Alpträume beschert. Als wir es dann endlich getan haben, war es halb so schlimm. Die Leiche sah gar nicht so gruselig aus, jedenfalls nicht wie die halb verwesten Zombies in Horrorfilmen.“

„Also hoben Sie zu zweit den Körper aus der Truhe?“

„Ja, genau. Wir hatten vorher gar nicht besprochen, wohin wir die Leiche bringen wollten. Es wäre wahrscheinlich wirklich besser gewesen, sie in den Kofferraum unseres Autos zu legen und an einer sehr einsamen Stelle im Ostland zu verbuddeln. Es war weit nach Mitternacht, als wir begannen. Da schaute Mama plötzlich Richtung Dünen. Sie zeigte auf das kreuzförmige Zaunstück. Und sie sagte, dass es doch ein guter Platz wäre, um Papa zu vergraben. Fast wie auf einem richtigen Friedhof.“

„Und warum haben Sie die Leiche nicht tiefer vergraben?“

Kea verzog den Mund.

„Das klingt fast so, als ob Sie uns vorwerfen würden, kein perfektes Verbrechen begangen zu haben.“

Die Kommissarin schüttelte den Kopf.

„So ist es nicht. Aber ich möchte verstehen, was wirklich passiert ist.“

„Mama und ich waren beide total aufgeregt. Außerdem arbeiteten wir mitten in der Nacht bei Taschenlampenlicht. Da kann man sich verschätzen, glauben Sie mir. Wir waren fest davon überzeugt, den Leichnam tief genug versenkt zu haben. Hinzu kam die Angst, entdeckt zu werden. Es hätte ja nur jemand vorbeikommen müssen. Aber wir hatten mehr Glück als Verstand. Als wir fertig waren, haben wir beide versucht, das Erlebnis zu vergessen. Jedenfalls haben wir nie wieder darüber gesprochen.“

Mona nickte langsam. Diese Erklärung deckte sich mit der von Silke Schmieder. Freuen konnte sie sich darüber allerdings nicht.

„Sie bleiben also dabei, Ihren Vater getötet zu haben?“

„Ja, das tue ich. Ich wollte ihn nicht ermorden. Aber ich sah in dem Moment keinen anderen Ausweg, um ihn mir vom Hals zu halten. Er akzeptierte kein Nein.“

Das wunderte Mona nicht. Solche und ähnliche Aussagen waren über Dr. Schmieder immer wieder zu hören gewesen. Mona stand auf, Enno erhob sich ebenfalls.

„Normalerweise würden wir Sie jetzt verhaften und zur erkennungsdienstlichen Behandlung mit zur Polizeistation nehmen. Aber Sie sind noch nicht wieder gesund. Versuchen Sie, sich weiterhin zu erholen. Sie hören wieder von uns."

„Lassen Sie meine Mutter bitte frei!", rief Kea ihnen nach. Ihre Stimme klang kläglich. „Sie hat mit der ganzen Sache nichts zu tun."

Mona schloss die Tür von außen.

„Wir könnten einen Kollegen als Wache hierherschicken", schlug Enno vor. Der zunächst zu Keas Schutz eingesetzte Polizist war nämlich nach Lottmanns Verhaftung abgezogen worden. Mona schüttelte den Kopf.

„Bei unserer dünnen Personaldecke lässt Oltbeck das niemals zu. Kea wird schon nicht abhauen. Außerdem ist sie immer noch angeschlagen."

Monas Vermutung deckte sich mit der Diagnose des Arztes, den sie wenig später sprechen konnten. Die junge Frau musste noch mindestens drei Tage in der Klinik bleiben.

Ein Gefühl der Ratlosigkeit erfasste Mona, als sie in das helle Licht eines Borkumer Sommermorgens hinaustrat.

„Ist der Fall jetzt eigentlich abgeschlossen, Enno?"

„Frag mich etwas Leichteres."

Kapitel 13

Nachdem Mona telefoniert hatte, gingen sie und Enno zu ihrem Vorgesetzten. Der Dienststellenleiter der Borkumer Inselwache nahm sich sofort Zeit für sie.

Hauptkommissar Oltbeck war ein ruhiger und emotionsarmer Mensch. Trotzdem breitete sich auf seinem Gesicht ein Ausdruck tiefster Zufriedenheit aus, als die Ermittler ihm den aktuellen Stand der Dinge präsentierten.

„Dann können wir diesen Fall gewiss als gelöst betrachten."

Mona zog unwillig die Augenbrauen zusammen.

„Und es stört Sie nicht, dass gleich zwei Verdächtige unabhängig voneinander den Mord gestanden haben, Herr Hauptkommissar?"

Oltbeck blickte Mona über den Rand seiner Lesebrille hinweg an.

„Nun, das ist etwas unorthodox, Frau Sander ..."

„Unorthodox? Das ist Schwachsinn!", ereiferte sich Mona. Sie bekam wieder einen ihrer Temperamentsausbrüche. „Eine von den Frauen lügt. Oder sie haben das Verbrechen gemeinsam begangen und jede nimmt die Schuld auf sich, um die andere zu entlasten."

Der Vorgesetzte ließ sich nicht beirren.

„Das mag schon sein, aber die Angelegenheit wird jetzt an die Staatsanwaltschaft übergeben. Sie reichen Ihre Ermittlungsergebnisse weiter. Die spätere Anklageerhebung geht uns dann nichts mehr an."

Das wusste Mona natürlich auch, aber sie ließ nicht locker.

„Die Sache stimmt hinten und vorn nicht, Herr Hauptkommissar! Ich habe gerade noch einmal mit dem Pathologen in Oldenburg telefoniert. Er bleibt bei seiner Einschätzung, dass Dr. Schmieder durch einen einzigen Stich ins Herz getötet wurde."

Oltbeck schaute Mona verständnislos an.
„Und warum ist das ein Problem?“
„Weil Silke Schmieder ausgesagt hat, dass sie mehrfach auf das Opfer eingestochen hat.“
Der Hauptkommissar blätterte zerstreut in seinen Unterlagen.
„So? Aber Sie wissen doch, dass man auf das Erinnerungsvermögen von Tätern und Zeugen nicht allzu viel geben kann, Frau Sander. Letztlich zählen doch immer die Fakten.“
„Richtig! Aber es ist eben Tatsache, dass laut Obduktionsbefund der Wundkanal eher zu einer Ahle oder einer Stricknadel passen würde als zu einem Messer.“
„Zumal ein Steakmesser, welches Frau Schmieder benutzt haben will, eine recht breite Klinge hat“, ergänzte Enno. Mona warf ihm einen dankbaren Seitenblick zu. Sie freute sich, dass ihr Kollege auf ihrer Seite war. Nur der Vorgesetzte blieb stur.
„Ich weiß nicht, worauf Sie hinauswollen, Frau Sander. Wir haben zwei Geständnisse, die von den Täterinnen nur noch unterschrieben werden müssen. Welches davon nun echt ist, kann die Staatsanwaltschaft zweifellos ...“
Oltbeck wurde von Mona unterbrochen.
„Und wenn nun beide Geständnisse falsch sind und der wahre Täter ungeschoren davonkommt? Dann sind wir bis auf die Knochen blamiert.“
Der Hauptkommissar wurde allmählich ungehalten.
„Haben Sie denn noch einen weiteren Verdacht, Frau Sander? Oder wollen Sie sich einfach nur wichtigmachen?“
„Es gibt noch eine weitere Verdächtige namens Maxi Rapp. Sie hat zumindest ein Motiv für den Mord. Wir müssen allerdings noch ermitteln, ob sie zur Tatzeit auf Borkum war.“

„Ich könnte bis heute Abend warten, bevor ich die Ergebnisse an die Staatsanwaltschaft weiterleite ...“

Mona schaute auf die Uhr. Es war schon fast Mittag. Aber immerhin kam Oltbeck ihr überhaupt entgegen. Sie sprang auf.

„Dann sollten wir jetzt keine Zeit mehr verlieren!“

„Ich würde Frau Sander gern helfen“, bot Enno an. „Einen anderen aktuellen Fall haben wir ja zurzeit nicht.“

Der Hauptkommissar hob abwehrend die Hände.

„Dann tun Sie das, in Gottes Namen. Ich hoffe nur, dass sich Ihr Verdacht nicht als Hirngespinst erweist.“

Mona lächelte ihrem Vorgesetzten zu und eilte aus seinem Arbeitszimmer. In ihrem gemeinsamen Büro erklärte sie Enno, was sie vorhatte. Außerdem gab sie ihm ein Foto.

„Hier, das habe ich uns beschafft. Ich nehme mir auch eins mit. Wir sollten uns aufteilen.“

Enno kratzte sich im Nacken.

„Es gibt verflixt viele Hotels, Pensionen und Privatvermieter auf Borkum, Mona ...“

„Glaubst du, das weiß ich nicht? Aber wir müssen es versuchen. Manchmal braucht man als Polizist eben auch Glück. Du darfst den Wagen nehmen, ich düse mit meinem Rad los.“

Mona und Enno hatten die Insel geografisch unter sich aufgeteilt.

Während der Oberkommissar mit seinen Nachforschungen westlich der Richthofenstraße begann, startete Mona östlich davon mit dem Klinkenputzen.

Schon bald war sie von ihrem eigenen Plan ernüchtert. Und mit jeder ergebnislosen Befragung sank ihr Mut. Hatte sie sich da in etwas hineingesteigert? War es nicht zu viel verlangt, dass sich Zeugen an ein Gesicht erinnern sollten, das sie vor fünf Jahren nur für kurze Zeit gesehen hatten?

Besonders in den Hotels wechselten die Saisonkräfte ständig. Wer heute hinter dem Rezeptionstresen stand, hatte das vor fünf Jahren nicht zwangsläufig ebenfalls getan. Jedenfalls nicht auf Borkum.

Es waren bereits mehrere Stunden vergangen, als Mona in den Störtebekerweg einbog. Ihr Magen knurrte, das Mittagessen hatte sie aus Zeitgründen ausfallen lassen. Schon bald würde Oltbeck die Ermittlungsakte zur Staatsanwaltschaft schicken. Verschwendete Mona wirklich nur Steuergelder, indem sie einer fixen Idee nachhing?

Sie klingelte an der Tür eines gemütlichen alten Friesenhauses, in dessen Fenster ein Schild mit der Aufschrift ZIMMER FREI hing. Wenig später wurde ihr von einer älteren Dame mit grauer Dauerwelle geöffnet.

„Moin. Kommen Sie wegen des Zimmers?“, fragte die Vermieterin hoffnungsvoll.

„Moin. Polizei Borkum, mein Name ist Kommissarin Sander. Und indirekt komme ich schon wegen Ihres Fremdenzimmers, Frau ...?“

„Wolter. Ich heiße Tatje Wolter.“

Die Vermieterin sah nun noch neugieriger aus, nachdem das Wort Polizei gefallen war. Mona zog das Foto aus ihrer Tasche.

„Frau Wolter, es geht uns um diese Person. Können Sie mir sagen, ob sie vor fünf Jahren an diese Frau vermietet haben?“

Die Hausbesitzerin nahm das Bild entgegen und schaute es sich ganz genau an. Dann nickte sie langsam.

„Ich vermiete schon seit über dreißig Jahren an Urlauber und ich vergesse niemals ein Gesicht. Ja, diese Frau war bei mir, Frau Kommissarin. Aber nur ein einziges Mal, für eine Woche. Und sie ist vorzeitig abgereist, daran kann ich mich auch noch erinnern.“

Monas Herzschlag beschleunigte sich gewaltig.

„Und das war wirklich vor fünf Jahren?"

Frau Wolter nickte eifrig.

„Ja, aber kommen Sie doch erst mal rein, Frau Kommissarin. Wir trinken zusammen ein Tässchen Tee, und dann erzähle ich Ihnen alles."

Mona konnte ihre Ungeduld kaum bezwingen. Aber die Zeugin erwies sich als kooperativ und Mona wollte die nette ältere Dame nicht vor den Kopf stoßen. Also folgte sie Frau Wolter gottergeben in die Küche, wo ein gestickter Wandspruch offenbar das Motto war: *Ostfriesische Gemütlichkeit hält stets ein Tässchen Tee bereit.*

Die Vermieterin setzte einen Flötenkessel mit Wasser auf und bat Mona, in der Sitzecke Platz zu nehmen. Sie schaute ihre junge Besucherin forschend an.

„Sie sehen so aus, als ob Sie ein Stück Rosinenstuten vertragen könnten, Frau Kommissarin."

„Machen Sie sich wegen mir bitte keine Umstände, Frau Wolter. Ich will noch einmal auf diese Urlauberin zu sprechen kommen ..."

„Ja, wir können gern über sie reden. Leider ist mein Gedächtnis für Namen nicht so gut wie das für Personen. Aber ich habe ja zum Glück mein Anmeldebuch."

Das wurde ja immer besser! Mona konnte ihre Aufregung kaum bezwingen, während ihre Gastgeberin Geschirr, Kluntjes und Sahne auf den Tisch stellte und auch Rosinenstuten und Butter holte.

„Greifen Sie zu, Frau Kommissarin. Sie sind ja ganz blass um die Nase! Ich sag immer, dass ihr jungen Mädels heutzutage einfach zu viel hungert."

Monas Magen war wirklich leer und sie stopfte dankbar ein dickes Stück gebutterten Rosinenstuten in sich hinein. Sie vermied auch erfolgreich die ostfriesische Todsünde, nämlich das Umrühren des Tees. Frau Wolter nickte zufrieden, öffnete ihren Küchenschrank und holte einige dicke, gebundene Bücher hervor.

„Bei mir ist das alles ein bisschen altmodisch, ich habe gar keinen Computer. Die Gäste müssen auch immer noch unterschreiben, wenn sie ihr Zimmer ordnungsgemäß wieder verlassen haben. Vor fünf Jahren war diese Urlauberin hier, das weiß ich noch genau … Hat sie denn etwas angestellt, wo sich doch die Polizei für sie interessiert?“

„Das wird sich zeigen“, sagte Mona. „Haben Sie Ihr Gästebuch gefunden?“

„Natürlich, Frau Kommissarin. Bei mir hat alles seine Ordnung.“ Frau Wolter schlug den Folianten auf. „Hier, das war in der Nebensaison, im Oktober vor fünf Jahren.“

Es passte alles zusammen. Die Verdächtige hatte hier gewohnt, während Dr. Schmieder in Düsseldorf als vermisst gemeldet worden war.

„Und die Frau auf dem Foto ist vorzeitig abgereist, sagten Sie?“

„Ja, ich habe mich noch gewundert, weil sie es plötzlich so eilig hatte. Ich wollte ihr natürlich die anteilige Miete zurückerstatten. Aber darauf hat sie nicht bestanden, sie wolle so schnell wie möglich von der Insel fort und müsse noch die nächste Fähre erwischen. Sie sagte etwas von einem familiären Notfall, und dafür hatte ich natürlich Verständnis.“

Mona nickte.

„Ist das die Unterschrift der Frau?“

„Ja, Frau Kommissarin.“

Die Täterin hatte das Zimmer auf den Namen Christine Beck gemietet. Das wunderte Mona nicht. Aber es würde Maxi Rapp nichts nützen, dass sie unter falschem Namen gemordet hatte.

Kapitel 14

Der Zug von Münster nach Düsseldorf hatte ausnahmsweise keine Verspätung.

Mona war von Emden aus in die Westfalenmetropole gereist, um nun schließlich die nordrhein-westfälische Landeshauptstadt zu erreichen. Es kam nicht jeden Tag vor, dass sie im Rahmen der länderübergreifenden Polizeikooperation an einem Verhör bei einer anderen Strafverfolgungsbehörde teilnehmen durfte.

Eine Woche war vergangen, seit dank Monas Hartnäckigkeit die wahre Mörderin überführt werden konnte. Mona hatte sofort die Kollegen von der Kriminaltechnik angefordert, um das Fremdenzimmer von Frau Wolter zu untersuchen. Nach fünf Jahren war es unwahrscheinlich, aber nicht unmöglich, noch Hinweise auf eine Bluttat zu finden. Dass Dr. Schmieder in Frau Wolters Haus getötet worden war, schloss Mona allerdings aus.

Doch die Mordwaffe hatte sich die Verbrecherin gewiss im Hause Wolter beschaffen können. Während ihres Besuchs bei der netten Vermieterin stellte sich nämlich heraus, dass der verstorbene Herr Wolter Schuhmachermeister gewesen war. Seine Werkstatt hinten im Haus war nie abgeschlossen, und dort hingen, säuberlich aufgereiht neben anderen Werkzeugen, auch zahlreiche Ahlen an der Wand.

Frau Wolter war zwar ordentlich, aber der Verlust einer Ahle würde ihr gewiss nicht auffallen. Außerdem hätte Maxi Rapp das Werkzeug vom Blut reinigen und zurückbringen können, bevor sie die Insel fluchtartig verließ.

Während ihr diese Gedanken durch den Kopf gingen, stieg Mona aus dem IC-Waggon und schaute sich suchend auf dem Hauptbahnhof um. Ein Düsseldorfer Kollege sollte sie abholen. Aber sie kannte seinen Namen nicht, von seinem Aussehen ganz zu schweigen.

„Frau Sander?“

Eine dunkle Männerstimme ertönte. Mona drehte sich um und erblickte einen hochgewachsenen Dunkelhaarigen, der eher an einen Dressman als an einen Polizisten erinnerte. Aber sie führte sich vor Augen, dass Düsseldorf nun einmal eine schicke Modestadt war. Das färbte scheinbar auch auf die Ordnungskräfte ab.

„Ja, die bin ich.“

Mona präsentierte sicherheitshalber ihren niedersächsischen Dienstausweis. Der Dressman legitimierte sich ebenfalls und stellte sich als Oberkommissar Andreas Höfer vor. Galant nahm er Monas Reisetasche. Während sie Richtung Parkplatz gingen, schaute er sie von der Seite an.

„Ich hatte Sie mir ganz anders vorgestellt, Frau Sander.“

Mona lachte.

„Meinen Sie, weil ich keine grünen Gummistiefel trage? Wir leben in Ostfriesland nicht hinter dem Mond!“

Mona trug an diesem Tag ein helles knielanges Sommerkleid, dazu eine leichte Strickjacke. Sogar Lippenstift hatte sie aufgelegt. Für ihre Verhältnisse war sie sehr feminin gestylt. So, als ob sie nicht zu einem Verhör, sondern zu einem Date unterwegs wäre.

Höfer grinste nun ebenfalls.

„Das hatte ich auch nicht angenommen, Frau Sander. Vor allem nicht, nachdem Sie diesen Fall freundlicherweise für uns gelöst haben. Wir mussten nichts weiter tun als die Verdächtige verhaften. Maxi Rapp wirkte ziemlich perplex, als wir ihr die Handschellen angelegt haben. Wahrscheinlich hatte sie sich schon eingebildet, mit dem Mord ungestraft davongekommen zu sein.“

„Ja, das denke ich auch“, stimmte Mona zu. „Welcher andere Mörder hat schon das Glück, dass Unbeteiligte die Leiche fünf Jahre lang verstecken und dann gleich zwei Unschuldige ein falsches Geständnis ablegen?“

Während des Wortwechsels hatten sie den dunklen BMW erreicht, den der Oberkommissar als Dienstwagen benutzte. Mona ließ sich auf den Beifahrersitz fallen und Höfer fädelte das Fahrzeug in den fließenden Großstadtverkehr ein.

„Ja, das hat mich auch verblüfft, Frau Sander. Wie kam es zu diesen Selbstbezichtigungen?“

„Inzwischen haben sowohl Silke Schmieder als auch ihre Tochter Kea die falschen Geständnisse widerrufen. Eigentlich war es ganz einfach. Als die Ehefrau und die Tochter den Toten im Ferienhaus entdeckten, hielt jede von ihnen die jeweils Andere für die Täterin. Aber keiner von beiden fiel es ein, die Bluttat offiziell zu melden.“

„Das kann ich kaum glauben, Frau Sander. Haben diese Frauen sich denn nicht gegenseitig gefragt, ob sie die Tat begangen hätten?“

„Offensichtlich nicht. In dieser Familie wurde viel totgeschwiegen, glaube ich. Die Tochter hat psychische Probleme, also traute ihre Mutter ihr offensichtlich einen Mord zu. Andererseits führte sich das spätere Opfer als Tyrann auf, und das war in Keas Augen anscheinend ein Motiv für ihre Mutter, die Ehe gewaltsam zu beenden. Tatsache ist jedenfalls, dass beide Frauen gemeinsam die Leiche beiseitegeschafft haben.“

„Wie kamen Sie eigentlich darauf, dass die Geständnisse falsch waren?“

„Beide Frauen behaupteten, ein Messer als Tatwaffe benutzt zu haben. Aber das war laut dem gerichtsmedizinischen Gutachten sehr unwahrscheinlich.“

„Wir haben jedenfalls mit dem Verhör zum Tathergang auf Sie gewartet, Frau Sander. Allerdings hat Maxi Rapp bisher nicht gestanden.“

„Das ist auch nicht unbedingt nötig“, meinte Mona trocken. „Danke übrigens für die Schriftprobe der Verdächtigen, die Sie uns geschickt haben. Unser Sachverständiger hat ihre

Schrift mit den Worten verglichen, die von einer gewissen Christine Beck vor fünf Jahren im Gästebuch einer Borkumer Vermieterin eingetragen wurden. Es gab eine hundertprozentige Übereinstimmung. Außerdem konnten unsere Kriminaltechniker im Kleiderschrank ihres damaligen Zimmers eingetrocknetes Blut sicherstellen. Es stammt eindeutig vom Opfer, nämlich Dr. Schmieder."

„Nach fünf Jahren? Dann war das Zimmermädchen wohl nicht sehr gründlich", erwiderte Höfer lachend. Mona schüttelte den Kopf.

„Ich fand es auch erst unglaublich, aber dann habe ich mir die Sache näher angesehen. Das Blut wurde in der hintersten Ecke des Kleiderschranks gefunden, dort ist es ziemlich dunkel. Vermutlich hatte die Mörderin bei der Tat ein Kleidungsstück beschmutzt und es achtlos in den Schrank gepfeffert. Als sie abreiste, hat sie schnell ihre Sachen zusammengepackt und dabei vergessen, dass Blutreste in dem Schrank nachweisbar sein könnten. Und was das Zimmermädchen angeht, ich vermute, dass es den Schrank einfach nur gelegentlich mit einem trockenen Staubwedel gereinigt hat. Was ja auch ausreicht, weil die Schranktüren die meiste Zeit verschlossen sind. Aber deshalb wurde das Blut niemals entfernt, nachdem es eingetrocknet war."

„Manchmal braucht man eben auch als Polizist Glück", sagte Höfer.

Sie erreichten nun das imposante Düsseldorfer Polizeipräsidium. Mona fühlte sich wie in einer anderen Welt. Sie hatte schon in größeren Städten gearbeitet, bevor sie nach Borkum versetzt worden war. Aber sie hatte sich inzwischen doch sehr an das überschaubare Eiland gewöhnt, wenngleich Borkum die größte der ostfriesischen Inseln war.

„Ich besorge uns Kaffee, gehen Sie schon mal vor", sagte Höfer und deutete auf einen Verhörraum. Das ließ sich

Mona nicht zweimal sagen. Sie öffnete die Tür und begegnete nun zum ersten Mal der Mörderin von Dr. Schmieder.

Maxi Rapp war auffallend hübsch. Mona führte sich vor Augen, dass sie vor fünf Jahren womöglich noch attraktiver gewesen war. Momentan hatte sie einen bleichen Teint. Und obwohl die Verdächtige cool zu wirken versuchte, konnte Mona doch ihre innere Anspannung förmlich spüren.

„Guten Tag“, sagte sie. „Ich bin ...“

„ … die Inselpolizistin“, beendete Maxi Rapp den Satz. „Sie haben fünf Jahre gebraucht, um Kurts Leiche zu finden? Da haben Sie sich aber nicht gerade mit Ruhm bekleckert.“

Mona ließ sich nicht provozieren und nahm gegenüber der Beschuldigten Platz.

„Wir haben nicht nur den Toten, sondern auch seine Mörderin ermitteln können.“

„Falls Sie damit mich meinen - ich bin unschuldig!“

„Dazu kommen wir später.“

Der Wortwechsel zwischen den beiden Frauen wurde unterbrochen, denn nun erschien Höfer mit dem Kaffee. Er hatte auch für Maxi Rapp einen Becher mitgebracht. Dann eröffnete er das Verhör offiziell. Die Beschuldigte erklärte sich damit einverstanden, dass die Befragung mittels Tonträger aufgezeichnet wurde.

Höfer fragte Maxi Rapp zunächst, wo sie zum Zeitpunkt des Mordes vor fünf Jahren gewesen sei.

„Hier in Düsseldorf, in meiner Wohnung. Aber das habe ich damals Ihren Kollegen schon zu Protokoll gegeben, nachdem Kurt verschwunden war. Und bei meiner Verhaftung sagte ich es noch einmal. Wie lange wollen Sie mich das eigentlich noch fragen?“

„Bis Sie uns keine Lügen mehr auftischen!“, rief Mona. „Sie kommen sich wahrscheinlich sehr clever vor, weil Sie so lange straffrei ausgegangen sind. Aber wir haben eine Zeugin, die Sie damals auf Borkum gesehen hat. Außerdem gibt es auch noch weitere Beweise."

Mona zählte nun noch einmal auf, was sie bereits gegen die Verbrecherin in der Hand hatte:„Sie haben sich auf der Insel unter falschem Namen ein Zimmer gemietet. Dann suchten Sie Schmieder auf und töteten ihn. Es gelang Ihnen, ungesehen zu entkommen. Aber Sie hatten Blut Ihres Opfers an der Kleidung. Wahrscheinlich waren die Rückstände so geringfügig, dass Sie es gar nicht bemerkten. Auch der Vermieterin sind die minimalen Spuren nicht aufgefallen. Sie hat den Schrank wahrscheinlich nur mit einem Staubtuch ausgewischt, so blieben die Blutrückstände erhalten. Und wir können durch eine chemische Analyse einwandfrei nachweisen, dass dieses Blut von Ihrem Opfer stammt."

Maxi Rapps Gesicht wurde immer länger. Schließlich ließ die Mörderin den Kopf hängen.

„Verflixt, Sie haben mich wirklich am Kragen. Eigentlich konnte ich sowieso kaum glauben, dass Sie mich nicht schon damals geschnappt haben."

„Das liegt daran, dass Dr. Schmieders Leiche von seiner Frau und seiner Tochter versteckt wurde."

Maxi Rapp schaute die Kommissarin an, als ob sie den Verstand verloren hätte. Aber dann nickte sie langsam.

„Ja, eigentlich hätte ich mir so etwas denken können. Als ich damals von der Polizei hörte, dass Silke ihren Mann als vermisst gemeldet habe, glaubte ich zunächst an eine Falle. Damals war ich felsenfest überzeugt davon, dass meine Verhaftung unmittelbar bevorstand."

„Sie gingen also davon aus, dass die Polizei Sie aufs Glatteis führen wollte? Dass die Vermisstenanzeige gar nicht existierte?"

„Was hätten Sie denn an meiner Stelle vermutet, Frau Kommissarin? Als ich aus dem Ferienhaus fortlief, lag Kurt tot mitten im Wohnzimmer. Man konnte seine Leiche unmöglich übersehen. Außerdem wusste ich, dass Silke und Kea kurze Zeit später unabhängig voneinander nachkommen wollten. Eine von ihnen musste also den Toten gefunden haben.“

„Aber es verstrichen Tage, Wochen und Monate, ohne dass Sie verhaftet wurden.“

Die Täterin nickte.

„Richtig. Ich weiß nicht, wie ich diese Zeit überstanden habe. Ich stand unter einem ständigen Druck. Manchmal glaubte ich sogar, mir den Mord nur eingebildet zu haben. Wenn das Telefon klingelte, schrak ich zusammen. Ich glaubte, dass Kurt mich wieder anrufen würde, um sich mit mir zu treffen. Und dass sein Tod nur ein böser Traum gewesen wäre. Aber das geschah nicht.“

Mona nickte und beschloss, den Fall von Anfang an aufzurollen.

„Wie kam es zu der letzten Begegnung auf Borkum?“

„Ich hatte schon einige Zeit lang ein Verhältnis mit Kurt. Ich war damals wirklich in ihn verliebt, das müssen Sie mir glauben. Und das, obwohl er so viel älter war als ich. Ich war vermutlich leicht zu beeindrucken. Jedenfalls erkannte ich damals nicht, dass Kurt mir falsche Versprechungen machte.“

„Das tat er also?“

„Allerdings. Kurt setzte mir den Floh ins Ohr, dass er sich scheiden lassen wollte, um mich zu heiraten. Ich schnappte zufällig ein Telefonat von ihm auf. Darin ging es darum, dass er für einige Tage allein in sein Ferienhaus fahren wollte, um abzuschalten. Seine Familie würde erst später nachkommen. Ich beschloss, ihn dort zu überraschen.“

„Deshalb mieteten Sie sich also ein Zimmer bei Frau Wolter? Und warum der falsche Name?“

„Das kann ich selbst nicht so genau sagen. Vielleicht, weil Kurt auf Borkum so viele Leute kannte. Ich bildete mir ein, dass man ihm sofort Bescheid geben würde, wenn ich als Maxi Rapp eine Unterkunft buchte. Und ich wollte ihn doch überraschen.“

„Und das ging schief?“

„Wie man es nimmt, Frau Kommissarin. Zunächst schien Kurt sich darüber zu freuen, mich zu sehen. Aber dann fragte ich ihn nach dem Scheidungstermin.“

„Wie reagierte er?“

Maxi Rapps Augen schimmerten feucht. Die Erinnerung machte ihr offensichtlich zu schaffen.

„Kurt lachte mich aus. Er sagte, dass er so eine kleine billige Schlampe wie mich an jeder Straßenecke haben könnte. Und ob ich mir wirklich einbilden würde, dass ich jemals die Frau an seiner Seite werden könnte. Ich sei nicht mehr wert als der Dreck unter seinem kleinen Fingernagel. Das war der Moment, wo ich zustach.“

„Wieso hatten Sie eigentlich die Ahle dabei?“

„Ich sah die Ahle in der Werkstatt von Frau Wolters Mann. Es war eine spontane Eingebung, dass ich sie einsteckte. Ich wollte mich verteidigen können. Kurt hatte mich nämlich in der Vergangenheit gelegentlich geschlagen, er konnte sehr gemein werden. Trotzdem habe ich ihn geliebt. Und letztlich hat er mich mit seinen Worten stärker verletzt als mit seinen Händen.“

„Was geschah, nachdem Sie zugestochen hatten?“

„Mein Pullover war voller Blut. Ich zog ihn aus, wickelte ihn zusammen und nahm ihn mit. Zum Glück hatte ich noch eine Regenjacke, die sauber geblieben war. Die zog ich über. Dann eilte ich zu meiner Pension zurück. Der Vermieterin log ich vor, dass ein Verwandter krank geworden wäre oder so etwas in der Art. Sie schluckte meine Lüge problemlos, glaube ich. Als ich später die Fähre Richtung Emden betrat, rechnete ich jeden Moment damit, eine Polizeisirene zu hören."

Die Täterin machte eine kurze Pause, bevor sie fortfuhr.

„Es ist seltsam. Ich hatte mich schon daran gewöhnt, ungestraft davonzukommen. Aber das ist nun doch nicht geschehen."

„Sie werden morgen dem Haftrichter vorgeführt", sagte Höfer steif. „Er wird entscheiden, wie es mit Ihnen weitergeht."

Maxi Rapp nickte, sie wirkte nun fast apathisch. Eine Polizistin führte sie hinaus.

„Es ist seltsam", sagte Mona. „Als das Opfer entdeckt wurde, befand sich ein kreuzförmiges Stück Zaun in unmittelbarer Nähe. Eine Zeitlang kam es mir so vor, als ob das christliche Symbol für den Täter eine Rolle spielen könnte. Und es ist kaum zu verstehen, dass Schmieders Tochter und Ehefrau der Mörderin unabsichtlich geholfen haben, indem sie den Toten beseitigten."

Höfer nickte.

„Weder Verbrecher noch ihre Komplizen handeln stets rational und überlegt. Es hätte auf Ihrer Insel gewiss bessere Möglichkeiten gegeben, eine Leiche unbemerkt verschwinden zu lassen."

„Allerdings. Vielleicht wollten die beiden Schmieder-Frauen auch gar nicht richtig wahrhaben, was geschehen war. Sie verdrängten die Tat, was natürlich einfach war, solange sich der Körper in der Kiste befand."

„Es ist bezeichnend genug, dass sowohl die Mutter als auch die Tochter der jeweils Anderen das Gewaltverbrechen zutrauten. Ich habe es selten mit einem so bizarren Mord zu tun gehabt."

„Für mich hört sich die Tat eher nach Totschlag im Affekt als nach einem eiskalt geplanten Mord an“, sagte Mona. Höfer hob die Schultern.

„Und das, obwohl die Verdächtige einen gefährlichen Gegenstand dabei hatte? Nun, darüber soll die Staatsanwaltschaft sich bei der Anklageerhebung den Kopf zerbrechen. Haben Sie heute Abend eigentlich schon etwas vor? Ich würde Ihnen gern die Düsseldorfer Altstadt zeigen.“

Mona lächelte den Oberkommissar, der wie ein Dressman aussah, an.

„Eigentlich mag ich kein Altbier, aber ich bin flexibel.“

Ja, nach diesem Fall wollte sie gerne mit Höfer um die Häuser ziehen und Düsseldorf auf sich wirken lassen. Aber trotzdem freute sich Mona schon jetzt darauf, am nächsten Tag nach Ostfriesland zurückzukehren.

Ostfrieslandkrimi Empfehlungen des Klarant Verlages

„Friesenflirt“ von Sina Jorritsma
Taschenbuch ISBN: 978-3-95573-542-5
eBook ISBN: 978-3-95573-541-8

Ein rätselhafter Todesfall erschüttert die ostfriesische Insel Borkum. Im Hotel Teutonia wird eine junge Frau erhängt aufgefunden. Zunächst spricht einiges für einen Selbstmord, doch bei der Obduktion werden Spermaspuren von zwei Männern an der Toten entdeckt. Ist ihr ein scheinbar harmloser Flirt zum Verhängnis geworden?

Die Inselkommissare Mona Sander und Enno Moll ermitteln und finden heraus, dass die attraktive Blondine als Treutesterin gearbeitet hat. In Verdacht: Markus Winter, der dubiose Chef der Treuetest-Agentur. Er war zur Tatzeit auch auf Borkum und verstrickt sich immer mehr in Widersprüche... Andere Hinweise deuten auf ein mysteriöses Doppelleben der Toten. Kommissarin Mona Sander lässt nicht locker und kommt dem Täter dabei gefährlich nah ...

Leserstimmen zu „Friesenflirt“
"Das tolle an diesem Krimi ist... Das selbst ich nicht wusste, wie es endet. Oft genug dachte ich “Okay, jetzt weiß ich es” und dann wusste ich doch wieder nichts. Es herrscht eine tolle Spannung und die Autorin hat ein paar tolle Wendungen eingebaut. So macht lesen Spaß, vor allem wenn es ein Krimi ist. "

"Ein rundum gelungener Ostfrieslandkrimi. Absolute Leseempfehlung! "

„Mord in Wiesmoor“ von Susanne Ptak
Taschenbuch ISBN: 978-3-95573-336-0
eBook ISBN: 978-3-95573-337-7

In Wiesmoor wird die Mutter eines Landwirts tot aufgefunden erstickt, mitten auf dem Hof. Zufällig sind Josefine und Jessica gerade vor Ort, denn auf dem Bauernhof in Ostfriesland wollten die beiden ein gemütliches Strickwochenende verbringen. Jetzt, wo es eine Leiche gibt, ermittelt Josefine, die Rechtsmedizinerin im Ruhestand, kräftig mit. Mit ihren unorthodoxen Ermittlungsmethoden findet sie schnell heraus: Die Ermordete hatte sich im Leben nicht viele Freunde gemacht. Steckt die Leiterin des auf dem Hof stattfindenden Strickkurses Maria Fokken dahinter? Sie und die Tote hatten eine unschöne gemeinsame Vergangenheit ... Oder hat ihre Schwiegertochter Tomke die endlosen Beleidigungen einfach nicht mehr ertragen? Seit der Tat ist auch Tomkes Bruder verschwunden, auf der Suche nach ihm taucht eine weitere Leiche auf, und ausgerechnet Jessica gerät in tödliche Gefahr...

Leserstimmen zu „Mord in Wiesmoor“
"Top Spannung und Unterhaltung, von mir gibt es dafür 5 Sterne!"

"Toll geschrieben, viel ostfriesische Mentalität, die Reihe könnte mir ans Herz wachsen. Daumen hoch!"

"Susanne Ptak hat eine so fesselnde Art zu schreiben, dass man um sich herum alles vergisst. Ich liebe diese Bücher und hoffe auf viele Fortsetzungen.......und ich fühle mich meinem geliebten Ostfriesland beim Lesen so nahe!"